Tucholsky Wagner Zola Scott Sydow Freud Schlegel
Turgenev Wallace Fonatne
Twain Walther von der Vogelweide Fouqué Friedrich II. von Preußen
Weber Freiligrath
Fechner Weiße Rose von Fallersleben Kant Ernst Frey
Fichte Richthofen Frommel
Engels Fielding Hölderlin
Fehrs Faber Flaubert Eichendorff Tacitus Dumas
Eliasberg Ebner Eschenbach
Feuerbach Maximilian I. von Habsburg Fock Eliot Zweig
Ewald Vergil
Goethe Elisabeth von Österreich London
Mendelssohn Balzac Shakespeare Dostojewski Ganghofer
Lichtenberg Rathenau Doyle Gjellerup
Trackl Stevenson Hambruch
Mommsen Tolstoi Lenz Hanrieder Droste-Hülshoff
Thoma
Dach Verne von Arnim Hägele Hauff Humboldt
Reuter Rousseau Hagen Hauptmann Gautier
Karrillon Garschin
Damaschke Defoe Hebbel Baudelaire
Descartes
Hegel Kussmaul Herder
Wolfram von Eschenbach Dickens Schopenhauer
Bronner Darwin Melville Grimm Jerome Rilke George
Campe Horváth Aristoteles Bebel Proust
Bismarck Vigny Barlach Voltaire Federer Herodot
Gengenbach Heine
Storm Casanova Tersteegen Grillparzer Georgy
Chamberlain Lessing Langbein Gilm Gryphius
Brentano Lafontaine
Strachwitz Claudius Schiller Schilling Kralik Iffland Sokrates
Katharina II. von Rußland Bellamy
Gerstäcker Raabe Gibbon Tschechow
Löns Hesse Hoffmann Gogol Wilde Vulpius
Luther Heym Hofmannsthal Gleim
Roth Klee Hölty Morgenstern
Luxemburg Heyse Klopstock Kleist Goedicke
La Roche Puschkin Homer Mörike
Machiavelli Horaz Musil
Navarra Aurel Musset Kierkegaard Kraft Kraus
Nestroy Marie de France Lamprecht Kind Kirchhoff Hugo Moltke
Laotse Ipsen Liebknecht
Nietzsche Nansen Ringelnatz
Marx Lassalle Gorki Klett Leibniz
von Ossietzky May
vom Stein Lawrence Irving
Petalozzi
Platon Knigge
Sachs Pückler Michelangelo Kafka
Poe Liebermann Kock
de Sade Praetorius Mistral Zetkin Korolenko

Der Verlag tradition aus Hamburg veröffentlicht in der Reihe **TREDITION CLASSICS** Werke aus mehr als zwei Jahrtausenden. Diese waren zu einem Großteil vergriffen oder nur noch antiquarisch erhältlich.

Symbolfigur für **TREDITION CLASSICS** ist Johannes Gutenberg (1400 — 1468), der Erfinder des Buchdrucks mit Metalllettern und der Druckerpresse.

Mit der Buchreihe **TREDITION CLASSICS** verfolgt tradition das Ziel, tausende Klassiker der Weltliteratur verschiedener Sprachen wieder als gedruckte Bücher aufzulegen – und das weltweit!

Die Buchreihe dient zur Bewahrung der Literatur und Förderung der Kultur. Sie trägt so dazu bei, dass viele tausend Werke nicht in Vergessenheit geraten.

Mimili

Carl Heun

Impressum

Autor: Carl Heun
Umschlagkonzept: toepferschumann, Berlin

Verlag: tradition GmbH, Hamburg
ISBN: 978-3-8424-1249-1
Printed in Germany

Das war eine Lauwine!

Mimili.

Eine

Erzählung.

Wien, 1824.

Bey Anton v. Haykul.

Die sogenannte Hauptstadt der Welt, das lärmende Paris lag mir im Rücken; ich war ihrer herzlich müde geworden. Nach Ruhe, nur nach Ruhe sehnte sich mein Gemüth. Das Getreibe des herrlichen Feldzuges hatte mich erschöpft; im Wechselgeschwirre des Kriegeslebens war mir ein Jahr verflogen; ich suchte ein Plätzchen, wo ich mich ausruhen konnte; ein stilles, friedliches Plätzchen, um mir nur einmal selbst zu gehören.

Darum eilte ich über Fontainebleau und Dijon in die Schweiz.

Von allem, was ich auf dem Wege bis dahin, und in dem freundlichen Neufchatel, und weiter links und rechts sah, ein andermal, heute nur in das *Lauterbrunner* Thal.

Ich hatte meinen Reisegefährten, der etwas unwohl war, in Unterseen gelassen, und machte mich, noch am Tage unsrer Ankunft, auf den Weg.

Mein Führer war ein rüstiger Mann; wir stiegen raschen Schrittes am Ufer der weißschäumenden Lütschine hinauf, die zwischen den himmelhohen Felsen sich durchwindet. Zuerst nach Matten, unfern der Ruinen von Unspunnen und Wilderswyl vorbey; dann links den tosenden Waldstrom immer weiter entlang; rechts aber fast senkrechte, bald nackte, bald bewachsene Felswände. Immer dunkler und enger ward die Schlucht und immer wilder die Gegend. Mein Führer verstummte nach und nach – bei einem Felsenblock, groß wie ein Haus, schlug er sich ein Kreuz vor die Brust. »Was ist Euch?« frug ich neugierig, und sah verwundert ein Bächlein schwarzes Wasser, neben den Felsblock, aus dem steinigen Gerille, zu unsern Füßen in die Lütschine herabrieseln.

»Das, Herr, ist *der böse Stein,* und das hier, *der böse Bach,*« entgegnete der Führer. »Hier erschlug der Freiherr von Rothenflüh seinen Bruder um leidiges Erbe, und flüchtete dann, und irrte ohne Heimath und Obdach umher, bis er verkümmerte und elendig starb, und niemand hinterließ, so daß sein Name mit ihm erloschen ist: auf ewige Zeiten.«

Ich sah den Gräßlichen, wie er, im weißen Schaum der eilenden Lütschine, das Bruderblut von den Händen sich wusch, dann, von der Geißel seines Gewissens gepeitscht, von dannen flüchtete, und den Frieden seines Herzens, auf die Dauer seines ganzen Lebens, in dem schauerlichwilden Thale ließ.

Mir lief es kalt über den Nacken, und ich eilte von dem Mordplatze wegzukommen.

Von Zweilütschinen aus führt eine kühne Brücke auf die Iselten-Alp; hier treffen die schwarze Lütschine aus Grindelwald und die weiße Lütschine aus Lauterbrunn zusammen, und stürzen von da vereinigt, mit reissender Schnelligkeit, nach der Aar hinab.

Auf einigen Punkten gewinnt man hier, aus den engen Thalklüften die überraschende Aussicht auf die blendende Scheitel der Jungfrau in Süden, und auf den herrlichen Gletscher, das Wetterhorn, in Osten.

Vor Lauterbrunn kamen mir mehrere kleine arme Kinder entgegen, die mich um ein Almosen ansprachen. Sie thaten das mit einer so herzigen Manier, daß man keinem seine Bitte abschlagen konnte.

»I bi ä gar zu armes Bubeli!« riefen gewöhnlich die kleinen Jungen, und streckten die Händchen weit vor, und sobald sie die Spende erhalten hatten, erboten sie sich dankbarlich zu allen Liebesdiensten; besonders beeiferten sie sich, mir die schönsten Stellen ihres Thales zeigen zu wollen.

In den Französischen Städten war man auf jeder Straße von Gassenbuben umringt, die zu den schönsten Mamsells zu führen, sich an den Fremden drängten; hier wollten mir der Sennhirten schuldlose Kinder, die Pracht ihrer stillen Thäler weisen. – Jeder der Kleinen hier hatte sein Lieblingsplätzchen; einer wollte mir das, der andere jenes zeigen; ich wäre heute noch nicht fertig, wenn ich mit jedem hätte gehen wollen. Mehrere raunten mir, hinterm Rücken des Führers, in's Ohr, daß sie links und rechts tief drinnen im Thal viel besser Bescheid wüßten als er; allein meine Zeit war zu beschränkt, ich mußte mich von der kleinen Schweizerbrut mit Gewalt losreissen.

In Lauterbrunn selbst saßen vor den Thüren vieler Hütten, künstliche Holzschnitzer mit ihren Familien, und arbeiteten die niedlichsten Sachen aus Ahorn, die weit und breit verkauft werden; vornehmlich, Milchterrinen, Milchlöffel und Buttermesser. Erstere konnte ich Fußwanderer nicht fortbringen, aber mit letzteren belud ich meinen Führer dutzendweise.

Wir wanderten weiter.

Von fern schon rauschte der *Staubbach.*

An der 800 Fuß hohen Wand des Pletschberges stürzt dieser Bach herab. Man kann Stundenlang das Auge an dem seltsamen Spiel dieses Wasserfalls weiden. Oben am Rande der schroffen Felsenwand, bricht des Baches Wasser herüber, zerstiebt im Fallen in tausend Millionen kleiner Staubtheile, schwebt als leichtes weißes Schaumbild in den Lüften, und sprützt in äußerst feinem, sanften Regenthau hernieder. Oft ist es, als walle ein blendendweißer, vierhundert Ellen langer Florvorhang, von der Spitze der Felswand herab. Ein solches Prachtwerk der Natur kann kein Mensch beschreiben, kein Künstler malen; und die Versailler Wasserkünste sind gegen diesen Bach ein Nürnbergerei.

Schräg ihm gegen über liegt, im Hintergrunde eines einfachen Obstgartens, das Pfarrhaus. Die junge Pfarrfrau, eine frische blühende Bernerin, kam, ein rundes, gesundes Kind auf dem Arm, und, nachdem wir ein langes und breites geplaudert hatten, bat sie mich, bei ihnen einzutreten, und mit dem vorlieb zu nehmen, was das Haus vermöge. Allein ich mußte die freundliche Einladung ablehnen; denn ich hatte noch einen weiten Weg.

Ein schmaler Fußpfad führte uns tiefer in den Hintergrund des Thales. Der Spis- Buchen- Aegerten- und Myrrenbach auf der einen, und der Schildwald- Trimlete- Rosen- Maden- und Stuffibach, auf der andern Seite des Thales, stürzten, wie vorhin der Staubbach, von den Felsenwänden herab, und rauschten weit entgegen und weit nach. Das Ziel meines Wunsches war, diesen Abend noch, der Jungfrau näher zu seyn. (– Daß ich ihr so nahe kommen, in ihrer Nähe so glücklich seyn würde, ahnete ich nicht. –) Mein Führer versprach, wenn ich gut steigen könnte, mich in eine Sennhütte zu bringen, von der aus ich, auf die Jungfrau den besten Standpunkt in der ganzen Runde haben sollte; und so ging es denn aus dem Lauterbrunner Thale heraus auf eine herrliche Alpe.

Hier und da trafen wir auf Senner, die ihre Tanse auf dem Rücken, eben in Begriff waren, zum Abendmelken in die Alpengründe zu gehen.

Wir stiegen immer Bergauf, aber die Mühe ward mit jeden Schritt belohnt: denn immer reicher und größer ward die Aussicht.

Endlich war die Sennhütte erreicht. Sie hatte eine so himmlische Lage, und der Senner war ein so freundlicher Mensch, daß ich mich gleich entschloß, hier zu übernachten und den Führer nach Unterseen zurückzuschicken. Den folgenden Morgen wollte der Senner mit seinen Buben bis Grindelwald mitgehen.

Der Senner war arm, wie alle seines Gleichen. Er bot mir frisches Heu zum Lager, und Milch und Käse zum Abendbrod an. Ich dankte ihm, und eilte zur Hütte hinaus, um keinen Augenblick, so lange es noch Tag war, den großen, den unbeschreiblichen Genuß zu verlieren, den hier die Natur bot. Ich legte mich auf die blühenden Matten, und schwelgte in der schönsten Freude des Menschen, in der Freude über Gottes wundervolle Welt.

Die Jungfrau lag in ihrer ganzen Pracht dicht vor mir[1], hinter und neben ihr ragten das Mittag-Horn, das Tschingelhorn, Eben-Flüe und andere Riesengletscher hinauf; aber die Jungfrau hob über alle diese himmelhohen Felsen ihr silbergeschmücktes Haupt in die Azurblauen Regionen ihres Gottes empor!

Das sind die ewigen Grundpfeiler der Erde, diese zu den Wolken starrenden ungeheuern Granitfelsen:

Sonst – als der Erdball noch rund um im Wasser schwamm, mögen sie über dem Spiegel jenes unermeßlichen Ozeans hervorgeragt haben, als grünende Inselpunkte. Tausende von Jahren sind seitdem verronnen! Meere, Weltmeere sind seitdem vertrocknet, und diese Riesenfelsen stehen noch. Ihre ehrwürdigen Scheitel sind mit ewigem Eise bedeckt, ihre höchsten Gipfel betrat noch kein menschlicher Fuß! Sie schaffen und wirken und treiben im Stillen ihr Großes und Gutes, denn sie – sie speisen das schwarze und Mittelmeer, das adriatische und die Nordsee, und tränken die Länder Europens mit tausend Strömen, die ihren unerschöpflichen Tiefen entquellen.

Ich lag auf blumigem Rasen, und drüben die eisigen Gletscher. Selbst der Gipfel meiner Alpe war noch mit Schnee bedeckt.

Rund um mich herum war alles so still, als habe hier der ewige Friede seine Altäre gebaut. Tief unter mir das freundliche Lauterbrunner- und das schauerlich-furchtbare Ammertenthal, und in der Ferne das Tosen der Sturzbäche, die seit Jahrtausenden sich in die Thäler ergießen und nimmer versiegen; und weiter hinab das Räder-Geklapper der Schmelzhütten und Frischfeuer, und weiter hinauf das einsame Klingeln der zerstreuten Herden, zuweilen wohl auch das Meckern einer jungen Gais, hier Ziggi genannt, oder das Schwirren eines lustigen Käfers, der sich bis hieher verirrte, um das Getümmel der Welt einmal von oben herab zu beschauen.

Der Abend war milde und warm; ein leiser Zephyr wehete von den eisigen Gletschern sanfte Kühlung herüber, und Millionen duftiger Blumen würzten die reine Bergluft mit ihren balsamischen Wohlgerüchen.

---

[1] Dieser weltberühmte Gletscher liegt 10422 Fuß höher, als das Dorf Lauterbrunn, aus dem ich eben kam.

Es war einer der seligsten Augenblicke meines Lebens; ich staunte immer mit neuem Entzücken von meinem blühenden Klee, die Wunderwerke der unbekannten gigantischen Schneewelt da drüben an; ich schlürfte die würzige Atmosphäre mit vollen Zügen ein. Eine namenlose Behaglichkeit ergoß sich über mein ganzes Innere; ich hätte laut mich freuen mögen, wenn nicht eine gewisse De- oder Wehmuth mein Gemüth gefesselt hätte. Ich kann es nicht beschreiben, aber es kam mir vor, als wäre ich so fromm noch nie gewesen. Der uralte ungeheure Koloß von Granitfelsen und funkelndem Eise mir gegenüber – was war er weiter, als ein kleiner Eiszacken, gegen die Myriaden von Sternenwelten am dunkeln Himmel der Mitternacht!

Ich faltete dir Hände und betete. Gott war mir nie näher gewesen: da hörte ich Menschentritte in der Ferne.

»Es kommt Jemand,« sagte ich zum Senner, der eben aus der Thür seiner Hütte trat, »wohnt noch Jemand bei Dir?«

»Niemer,« antwortete er, »aber zu Abig kommt oft die Jungfer herauf und schläft hier.«

»Wer ist die Jungfer?«

»Die Tochter meines Herrn.[2] «

Ich sprang auf; der Senner ging ihr entgegen; – noch sah ich sie nicht, der Weg kam hinter der Hütte herauf, – sie rief ihm mit einer sehr wohlklingenden Stimme zu: »guten Abend, Rütli, ich werde heut bei Euch bleibe, es schonet, und s'ist schankli[3] «

Der Senner mußte ihr von mir sagen; denn ich hörte, daß er von Außerer sprach; sie ward still, und wahrscheinlich zögerte sie, näher zu kommen; denn ich hörte keine Fußtritte weiter.

Ich bog daher um die Hütte, um die Herrin meiner Alpe zu begrüßen.

---

[2] Die Senner sind bekanntlich nur die Hirten der Kühe, die wohlhabenden Alpenbesitzern gehören.

[3] Der Abend ist schön, und es ist der Anschein da, daß es morgen auch gut Wetter ist.

Wer in der Schweiz war, wird die theatralische Tracht der Alpenmädchen kennen. Bei meinem ersten Eintritt in den Kanton Bern dachte ich anfangs immer, wenn ich die idealisch gekleideten Schweizerinnen sah, es habe ein Freund mir einen Scherz bereitet, und der holden Jungfrauen schönste, nach der Phantasie irgend einer zarten Idylle angezogen, mir entgegen gesandt, um mir einzubilden, ich habe das Schäferland meiner Jugendträume gefunden. Nach und nach hatte ich mich denn endlich an die freundliche Wirklichkeit gewöhnt; aber *diesem* Mädchen jetzt gegenüber, mußte ich wieder in dem süßen Wahn mich verwirren, als sey dieses liebliche Wesen, eine Erscheinung aus der Dichterwelt jener seligen Vorzeit, wo die Unschuld in Menschengestalt auf der Erde wandelte. Das schwarze Lockenköpfchen schirmte ein großer Italienischer Strohhut, an dem ein Strauß von frischen Wiesenblumen schwankte; zwei lange blaßblaue Bänder flatterten von der breiten Krempe bis zur Hüfte herab. In den großen blauen Augen spiegelte sich die sanfteste Freundlichkeit, die argloseste Kindlichkeit, die fromme Liebe selbst. Herrlich wölbten sich, über diesen stillen Sprechern der Seele und des Herzens, die schwarzen Bogen der Augenbrauen und die langen seidnen Wimpern brachen den Feuerstrahl ihres glühenden Blickes. Jugend und Gesundheit blühten im Grübchen der Wange, auf den Purpurlippen und in der Fülle ihres ganzen schönen Körpers.

Das Brüstli wie das Miederchen war von schwarzem Sammt, geschnürt mit goldenem Kettchen und reich und geschmackvoll gestickt, mit Gold und buntfarbiger Seide. Die weiten Ermel, vom allerfeinsten Battist, reichten vor bis zur kleinen Hand; und gleichfalls vom nehmlichen Battist war das Hemdchen, das den blendend weißen Hals und den Busen züchtiglich verhüllte. Das schwarzseidene, hundertfaltige Röckchen, reichte kaum bis über das Knie, so daß die Zipfel der buntgestickten Strumpfbänder, die feingeformte Wade sichtbar umspielten; die Blumen der Matten aber küßten das Blüthenweiß ihres feinen, baumwollenen Strümpfchens, das den zartesten kleinsten Fuß verrieth. Vom Hinterkopfe hingen dem Mädchen zwei geflochtene brandschwarze bandbreite Zöpfe bis in die Kniekehle hinab, und am Arm schaukelte ein Körbchen, gar zierlich gearbeitet und künstlich durchflochten mit Rosen und sammtenen Fäden. Im ganzen Wesen der himmlischen Erscheinung, die frische Kräftigkeit der unverdorbensten Alpenbewohnerin, und doch der Anstand, die Haltung der gebildeten Städterin!

Das Mädchen wollte hier übernachten!

»Du lieber Gott, warum thust du *mir* das!« rief ich fragend heimlich in die Wolken, und warf einen Blick auf die unter mir liegende arme Welt, daß es mir vorkam, als schmelze das Eis der Jungfrau und ihrer Nachbaren, vor seinem verzehrendem Feuer in brühende Lava über.

Ich nahte mich ihr sittig und ehrsam, und grüßte sie, als die Besitzerin der Alpe, mit feinen Worten recht manierlich.

Sie aber bot mir mit Schweizerischer Treuherzigkeit die kleine Flaumenhand, und hieß mich willkommen.

Ich eröffnete ihr nach dem ersten Hin- und Herreden, meine Freude, diesen herrlichen Abend in einer solchen, mir wie von Gott selbst hergesandten, Gesellschaft zu genießen, – von der Nacht selbst aber, und vom hier oben Schlafen, konnte ich um keinen Preis ein Wort über die Lippen bringen; denn ich schaute dem Engel von Mädchen in die Augen, die so klar, so himmelrein mir bis auf den Grund meiner Seele sahen, daß auch kein böser Gedanke in mir aufkommen konnte, den sie nicht erspäht hätte.

»Ein wahres Glück für uns,« hob sie an, »daß ich herauf gekommen. Ihr hättet gewiß auf unserer Alpe, eine böse Nacht gehabt; denn ihr hättet auf bloßem Heu schlafen müssen; so aber kann ich Euch mein Cabinet in der Hütte abtreten, wo Ihr bequemer liegen werdet.«

Sie trat mit mir in die Sennhütte, und schloß das besagte Cabinet auf.

Ich war in Trianon, Versailles, St. Cloud, und, auf dem zu meinen Füßen liegenden buntflitterigen Erdball, in manchem andern kaiserlichen Lustschlosse gewesen. Reichere Schlafgemache hatte ich wohl da gesehen, aber freundlicher, niedlicher keins. Das Hausgeräthe höchst geschmackvoll gearbeitet, von Ahorn oder schwarzem Pappelmaser; rings an den Wänden herum, die ersten Prachtgemälde von Aberli, Rieter, Biedermann, Lafont, Lory, Hackert, Wocher und mehreren andern trefflichen Künstlern, lauter Schweizer-

Landschaften, viele von unschätzbarem Werthe. Aber die Königin meiner Alpe öffnete das Fenster dieses Feenkabinets, und in die weiten Räume der vor mir liegenden Felsen-Gletscherwelt flog mein entzückter Blick. Es war, als sey die ganze große Ründe, dem Himmel noch näher gerückt; als sey sie heiliger geworden, seit das Mädchen in ihrem Luftkreise stand. Ich fühlte, daß ich hier oben besser geworden war; aber ganz schlackenrein war mein sündhaftiges Wesen noch nicht! denn als meine liebreizende Wirthin, die schneeweißen feinen Vorhänge zurückschlug, die ihr jungfräuliches Bettchen mit frommer Feierstille umdämmerten, und ich auf dem Kopfkissen das eleganteste aller Nachthäubchen gewahrte, und meine Phantasie die schwarzen Ringellocken des zaubersüßen Mädchens, in dem Häubchen, und das Himmelskind selbst, unter der seidnen leichten Decke sich malte, und sie wiederholentlich versicherte, daß ich hier recht gut schlafen würde, da mußte ich die Augen heimlich zudrücken, denn mich wandelte der Schwindel an; es war mir, als kuckte ich schnurstracks in das Paradies hinein. Der Schwindel aber war nichts, als die Lotterflamme der Schlacken meines Innern, die im Ausbrennen begriffen waren.

Ich entgegnete ihr, daß ich in der ganzen Welt kein einladenderes Schlafgemach, kein süßeres Schlummerbette kenne; allein, sie werde mir hoffentlich zutrauen, daß ich es nicht annehmen könne, da sie gegen den Senner geäußert, diese Nacht hier oben zubringen zu wollen. Ich würde mich daher begnügen mit dem, was der Senner mir bereits geboten, und hoffe, da ich sie nun in der Nähe wisse, auf meinem Alpenheue sanfter zu schlafen, als mancher Fürst auf seinen Daunen. Der an sich gewiß nicht verwerfliche Vorschlag, das Kabinet mit ihr zu theilen, saß mir auf der Zunge.

»B'hütis Gott!« fiel sie mir lächelnd ins Wort, »was würdet Ihr denken von mir, wenn ich hier oben blieb, da Ihr hier seid. Das müßte ja ein wüscht Maidli seyn. Nein, ich werde ein wenig mit Euch noch verweile, wenn Ihr mir erlaubt, und dann gehe ich nach Haus, und sende Euch z'Nachteße herauf, denn der Senn hat nichts, als neimis Ranf, Schlipmilch und Schnitze.«

Sie sprach gern und viel, und so traulich, wie ein Kind, und dann doch wieder so verständig und unterrichtet, wie kaum ein Mädchen aus unsern ersten Zirkeln. Ihr Schweizerisch-Hochdeutsch klang in ihrem kleinen Rosenmunde unbeschreiblich gut; nur wenn sie auf Ausdrücke des gewöhnlichen Lebens stieß, bediente sie sich der dort üblichen Provinzialismen; doch waren mir diese, durch meine früheren Wanderungen in der Schweiz, schon verständlich.

Ich hatte sie anfänglich Sie genannt; sie meinte aber, es klinge so ausländisch, es wäre ihr dann, als sey sie nicht in ihrer Heimath, wo alles sie Du hieße; ich mußte sie daher Du nennen.

Was doch in solch einem einzigen Worte liegt. Ich machte einen Schritt, wie vom Montblank bis zum Jura.

Es war nun, als kennten wir uns schon seit vielen Jahren, als wären wir beide auf dieser Alpe mit einander groß geworden

»Wie heißt Du, süßes Mädchen?« fragte ich, und umschlang das sammtene Miederchen mit meiner Rechten, und legte ihre kleine, zarte Hand auf mein Herz, in dem das Blut sich drängte, wie das wilde Wasser der Gletscher in den Sturzbächen,

»Mimili heißt mi de Aetti!« antwortete das Alpenkind mit einem Wohlklange, der in dem Resonanzboden meiner gespannten Brust, wie der Laut einer Silberglocke wiedertönte. »Kommt!« fuhr sie fort, »ich will Euch nun höher führen, Ihr sollt noch schöneres sehen; denn hier rechts um den Berg herum, sollt Ihr ein Thal und zwei Gletscherschlünde schauen, wie's keine weiter giebt im ganzen Land.«

Ich nahm ihren Arm, und wir stiegen dem Himmel entgegen.

Die steilsten Parthieen erkletterte sie mit flinker Gewandtheit; höher röthete sich die Lilienhaut ihrer Wangen; lebendiger noch wogte ihr Busen unter dem dicht aufliegenden Battist-Hemdchen.

Es ward immer kühler und frischer; denn wir hatten nicht gar viel mehr zu steigen, bis wir an den Schnee kamen, der noch den Gipfel der Alpe bedeckte. In hundert kleinen Bächen rieselte herab, was die Sonne diesen Mittag geschmolzen, und das zarteste Grün entsproß den tiefer liegenden, vor wenig Tagen erst schneefrei gewordenen Bergwänden.

Hier gras'ten Mimili's Heerden. Sie kannte jede Kuh beim Namen; und alle wendeten sich nach ihr um, und sahen sie still an, wenn sie ihnen zurief, und freundlich sie streichelte; sie waren alle spiegelblank, und rund wie die Aale; und die Gizzi's kamen von den fernsten Felsenzacken herangemeckert, und saugten an ihren Rosenfingern, und knebberten an der Semmel und den Bräutlis, die sie ihnen aus dem Körbchen reichte. Sie aber bog sich zu ihnen herab, und tändelte schäkernd mit ihnen, daß ich schier hätte vergehen, und den Jupiter bitten mögen, mich auf dem Fleck in einen Bock zu verwandeln. Dann rief sie in die stillen Lüfte: »Aüli, Aüli, Aüli,« und lustig wie ein Reh sprang mit kurzweiligen Sätzen ein krauswolliges Lamm heran, geschmückt mit einem klingelnden Halsband von strohgelber Seide.

»Das hat seine Mutter verloren,« sagte Mimili wohlwollend, und krabbelte mit den Fingern im Perückchen zwischen den Ohren des kleinen, verwais'ten Thieres, und legte sein rothes Schnäutzchen in ihre weiße, hohle Hand, »deshalb habe ich mich des armen Dinges erbarmt, und es aufgezogen; nun liebt es mich, wie seine Mutter.« – Mit dem kleinen Wesen sprach sie rein Schweizerisch. Sie bemerkte an seiner linken Vorderklaue ein wenig Blut, wahrscheinlich von einem Dornenritz; da streichelte sie darauf, und trocknete das Blut mit ihrem Tuche, und sagte mit unnachnahmlicher Weichheit, »mi Aüli, hetter eppen epper eppis tho? – Seht nur,« fuhr sie fort und richtete sich wieder in die Höhe, und wies auf die Kühe, die nie auf einem Fleck um sich herum fraßen, sondern beständig, unter dem leisen Gebimmel ihrer Halsglocken, von einem Punkte zum andern übertraten, und da wieder von neuem, über die frisch aufgesproßten Gräser herfielen; »sehet nur, wie die Fasels[4] klug sind, die kennen die Kräuter eben so gut, als unser Haller und Geßner, und der seelige Wildenow.«

Ich sah sie verwundert an. »Was weißt Du von Haller und Geßner und Wildenow?« frug ich erstaunt.

»Die werde ich doch kennen,« sagte sie lächelnd, »was draußen vorgeht, in der weiten Ebene hinter den Bergen, davon erzählt mir der Aeti nur, was ich brauche, aber was hier in unsern Thälern und auf unsern Alpen passirt, das muß man ja auf den Grund wissen, und glaubt mir; die drei sind hier in unserer stillen Pflanzenwelt wie zu Hause. Schaut,« fuhr sie mit einer Anspruchlosigkeit fort,

---

[4] Junges Vieh. Sollte davon vielleicht unser Faseln (Läppschen, Vergeßlich seyn) herkommen.

die den eigentlichen Schlagschatten zu dem Lichte gab, was sie nun, ohne es zu wissen, auf dem Scheffel setzte, – und pflückte zwischen dem Sprechen sich die Hand voll Blumen – »schaut, wenn ich nun nicht wüßte, daß dieß hier Anemone alpina, dieß Dryas octopetale, und hier dieß, Ranunculus nivalis wäre, müßte ich mich nicht vor Euch schämen? Unser eins wird ja doch eben so gut die Kräuter und Gräser seiner Matten kennen, wie bei Euch zu Hause die Mädchen Eures Landes, die Ihrigen. Kaum, daß der Schnee geschmolzen, schießen die hier alle lustig hervor, und dort, kommt höher, – das seht Ihr auch nicht bei Euch, – das blaue Alpenglöckchen, Sondanella alpina, blüht sogar *auf* dem Schnee, und das, Crocus vernus,*darunter.* Die wollen kühl stehen; denn, wenn der Schnee schwindet, verwelken sie mit. Beide kommen mir immer vor, wie die Kinder, die an der Mutter Brust sterben, die sind für dieß Leben nicht. Die Luft des Irdischen ist ihnen zu schwer, sie streben zum reineren Aether. Aber unsere Goldquellen muß ich Euch zeigen; denn wenn ihr das Trifolium Alpinum, und den Astragulus, und den Romey, und den Mutteri, und die Butterblume und die Pimpinella alba, bei Euch verpflanzen könntet, dann brauchtet Ihr unsern Käse nicht, dann könntet Ihr ihn selbst dort bei Euch bereiten. Wes Landes seyd Ihr Herr?

»Dein Freund Wildenow ist mein Landsmann!«

»Was? – da ist ja wohl dies?« auf meine Brust deutend – »das eiserne« – das Wort blieb ihr im kleinen Munde, so war sie überrascht. »O, seyd mir doch tausendmal willkommen, Herr Ritter des eisernen Kreuzes! nein, nun müßt Ihr zum Vater! der würde mir nimmer verzeihen, wenn ich Euch hier oben schlafen ließe. Thut mir den Gefallen und kommt mit herunter, was unser Haus nur hat, soll Euch gehören. Mein Vater hält gar viel auf Euern König und Euer Volk, und erzählt mir alle Sonntage davon, wenn er aus der Kirche kommt, wo unter dem Nußbaum der Mesmer die Zeitung vorlesen muß.«

Wer konnte dem Mädchen etwas abschlagen! ich willigte gern in ihren Wunsch, und wir machten uns auf dem Heimweg.

Wir gingen jetzt Arm in Arm; ich war ihr kein Fremdling mehr, ich schien ihr ein alter Bekannter des Vaters zu seyn. Sie erzählte mir von der Mutter, die schon vor acht Jahren gestorben; von der sanften Schwester Crescentia im Nonnenkloster zu Zug, wo sie erzogen; und von ihrem ganzen Thun und Treiben, mit einer so traulichen Natürlichkeit, als gehöre ich zum Kreise ihres Hauses. »Die Alpe, auf der wir hier gehen, Herr Ritter,« fuhr sie fort, »ist mein Muttertheil, die läßt mir der Aeti zum Nadelgeld: aber ich kann die Batzen alle nicht brauchen; o ich bin reich, denkt Euch ich habe sechsunddreißig Kühe, die Kuh bringt jährlich zwei Centner[5] und der Center kostet doch allerwenigstens zehn große Thaler[6] . Der Vater streitet sich immer mit unserm Nachbar, woher das Wort Alpe abstamme. Einer will es vom griechischen αλπεις herleiten, der andere vom celtischen alb. weiß, daß ist mir aber ganz einerlei, mein Alpchen giebt mir für meine Kühe immer frisches Gras und Winterheu, mehr als sie brauchen, und weiter ist mir nichts nöthig zu wissen. Habt Ihr denn auch Berge?«

Ich hätte ihr unsere Templower nennen können, und die Michelsberge, und die Pichels-Gletscher, und das Gebirge am Rollkruge, aber ich wollte ihre geographischen Kenntnisse nicht in Verlegenheit setzen, und nannte ihr unser Riesengebirge in Schlesien.

»Geht mit Eurer Riesen-Kuppe,« sagte sie lächelnd, »ihre ganze Höhe ist ja nur 5000 Fuß, unser Finster-Ahorn[7] ist über 13000 Fuß hoch. Das ist ein Firn! Mit dem Schnee hat es bey uns eine kuriose Bewandniß. Die Schneelinie liegt unterm Aequator in einer Höhe von 14,000 Fuß, bei uns aber an manchen Felshörnern schon in einer Höhe von 8000 Fuß über dem Meere.«

Ich konnte meine Verwunderung über ihr Wissen nicht bergen, sie sagte aber mit verschämter Befangenheit: »Herr Ritter, Ihr müßt mich nicht aufziehen; sonst werde ich schweigen.«

---

[5] Käse nämlich, das setzt der Schweizer aber nie dazu, weil es sich, meint er, von selbst versteht; denn vom Ertrag des Milch- und Buttergewinns, ist dort gar keine Rede.

[6] Ein großer Thaler gilt 2 fl. 10 Batzen; der Karolin also 10 fl. 10 Batzen; der Gulden 15 Batzen.

[7] Nach dem Matterhorn, der Rosa und dem Montblank, ist dieß die höchste Granit- und Gneißpiramide des ganzen Alpengebirges; sie ist 13234 Fuß über dem Meere. Dieser ungeheure Felsen, liegt einige Stunden südlich von Grinsel, und ist noch nie erstiegen worden.

»Ach sprich doch Mimili,« rief ich, und küßte die kleine Hand, die in meinem Arm ruhte, »ich könnte Dir Tagelang zuhören, wenn Du von Deinen Alpen erzählst.«

»Nicht wahr,« begann sie wieder freundlich, »unsere Berge sind schön? Ihr solltet immer hier bleiben; ich denke, es könnte mir nirgends in der Welt wohler seyn, als bei uns. Auf einer flachen Ebene muß es sich abscheulich leben lassen. O, wendet Euch jetzt zur Jungfrau, Herr Ritter; dies Schauspiel, daß Euch jetzt der Abend bereitet, bietet Euch vielleicht noch der Libanon in Syrien, und der Ophyr auf Sumatra, und der Chimboraßo und der Nerona-Roa; aber Eure Schlesische Kuppe gewiß nicht: wir nennen es das Glühen der Alpen. Kommt, setzt Euch dort unter die breitästige Buche, da ist immer des Abends mein Plätzchen darum hat auch unser alter Senn ein weiches Moosbett mir unter dem Schatten gezimmert.«

Wir setzten uns. Ringsum blühten rothe Weidenröslein, Thymian, rother Schwingel, Mannsschild, Enzian und Eisenhütlein, und tausend andere herrliche Blumen; und das liebliche Stendelkraut würzte die Abend-Luft, mit seinem Vanillengeruch.

Mimili holte aus ihrem Körbchen ein Stückchen Kuchen, daß sie sich wahrscheinlich zum morgenden Frühstück bestimmt gehabt hatte, und theilte es mit mir. Köstlicher konnte kein Marzipan schmecken. Mimili war schon so traulich mit mir, daß sie läppschte, wie ein Kind. Sie stellte sich vor mich, legte ihre Linke auf meine Achsel, und fütterte mich. Jeden Bissen steckte sie mir unter tausend Lachen in den Mund, und nannte mich ihr großes Aüli. Und doch hatte ich – so allmächtig ist die Gewalt der Unschuld – nicht das Herz, sie um einen Kuß zu bitten. Ich fühlte, das Mädchen stand höher, viel höher, als ich.

Sie setzte sich neben mich, als sie mich abgefüttert hatte, um nun ihre Hälfte Kuchen zu verzehren. Eine Liebe war der andern werth; ich päppelte sie nun, wie sie diese Manier des Essenreichens nannte; aus überwähligem Muthwille biß sie mir mit ihren kleinen blendendweißen Zähnen in die Finger, und schnappte wie ein Karpfen nach den Stücken, die ich ihr in die würzigen Purpurlippen warf.

In dem Augenblicke fiel ein schwerer Donnerschlag, der in dem unermeßlichen Gebirge langsam widerhallte, und durch die stillen Abendlüfte weit, weit fortrollte, bis in die fernsten Thäler und

Schlünde. Ein Silberstrom brach sich von einer gegenüberstehenden Alpe los, und stürzte, umfunkelt von blinkendem leichtem Schneegewölk, immer tiefer und tiefer, unter dem grausen Tosen eines furchtbaren Ungewitters, in die Gründe hinab.

Vom Schrecken ergriffen, sprang ich hoch von dem Moossitze auf, und schlug die Hände über den Kopf zusammen. Ich glaubte die alten Alpen brächen wie morsche Zähne in einander.

Der Boden bebte unter uns, und Trillionen von Schnee-Juwelen flogen im Schimmer des Abendlichts, wie leiser Nebel weitumher und bis zu uns herüber!

»Was war das? um Gotteswillen was war das, Mimili?« rief ich, und suchte mit den Blicken den Weg, auf dem wir am kürzesten hinabfliehen könnten in die sichern Thäler.

»Das ist mir lieb, Herr Ritter, daß Ihr das gesehen habt,« entgegnete, gleichfalls erschüttert, aber lächelnd das Mädchen, »das ist mir um vieles lieb. Es ereignet sich zwar in uns'rer Runde fast alle Tage, aber man sieht es doch nicht allemal so nahe und so deutlich, wie wir es jetzt sahen. Nicht wahr, das ist ein großes, prächtiges Schauspiel? das war eine Lauwine!«

»Das eine Lauwine! die sollen ja aber so gefährlich seyn?«

»Die Sommer- oder Staub-Lauwinen, wie wir sie nennen, sind es nicht; die fallen nur in unsern höchsten Gebirgen, wo kein Mensch hinkommt; aber die Schlaglauwinen, die am Ende des Winters fallen, die richten oft Unglück an. Wenn das Thauwetter eintritt, da ist es schlimm, in unsern Thälern zu reisen. Von der leisesten Erschütterung der Luft, oft vom bloßen Schellengebimmel der Saumrosse, bricht so ein maßleidiges Ungeheuer los, reißt alles vor sich nieder, verschüttet Hütten und Dörfer, zertrümmert Blöcke und Felsen, zerquetscht die höchsten Schnelli, und knickt die ältesten Lerchenbaumwälder in einander, wie eine Hand voll Zahnstocher. Hört Ihr es noch puwern in der Ferne?« –

Und wirklich zitterte die Abendstille noch im bebenden Nachhall!

Aber jetzt senkte die Sonne sich am wolkenlosen Abendhimmel tiefer hinter den Saum des westlichen Hochgebirges, und nun begann das eigentliche Glühen der Alpen. Die Luft war milde und rein. Der ganze Himmel, aus dessen Räumen der große Riesenball des ewigen Lichtes eben entrollt war, glühte wie ein unermeßliches Feuermeer. Es war, als hätte sich der Vorhang der jenseitigen Verklärung aufgerollt; als sei die Sonne, vor der Milde ihres Schöpfers, aus einander geschmolzen; als verlöre sich der Blick des Sterblichen in dem Allerheiligsten des höchsten Gottes.

Diese ganze unaussprechliche Purpurgluth strahlte auf den himmelhohen blinkenden Eiswänden der Jungfrau, und in den meergrünen Spitzzacken ihrer Nachbar-Gletscher prachtvoll wieder. In dem glühenden Äther erschienen die ungeheuern Schneemassen fast als durchsichtig, und es war, als saugten die Spiegel des ewigen Eises das Feuer des nahen Himmels in sich, als verglühten in den unerreichbaren Höhen, des Westes liebliche Zephyre, Schnee und Sonnenstrahlen durch unbegreifliche Wunder in einander.

Mimili aber stand, vor dem Zauberbilde der Natur, in stillem Staunen verloren, und betete, die Hände vor der Brust gefaltet, zu dem Ewigen.

»Das ist ein himmlischer Abend,« flüsterte sie leise, und die sanfte Gluth im Abend, und die himmelreine Höhe der Jungfrau, spiegelten sich in ihren dunkelblauen Augen, und die schwanenweiße Brust drängte sich wogend aus dem sammtenen Mieder! da gewältigte mich ihr namenloser Liebreiz, ich umschlang das schöne Mädchen, und drückte ihr berauscht von dem Entzücken der Abendfeier, den ersten Kuß auf die süßen Lippen. Sie aber sank schweigend an meine Brust, und lispelte leise: »so haben die Alpen noch nie mir geglüht!«

So, glaube ich, haben sich die ersten Menschen im Paradiese geküßt; so fromm und so schuldlos. Es war nichts Böses, nichts Irdisches mehr in mir; ich hätte, vor überschwenglicher Seligkeit, in Mimilis Armen sterben, mit ihr auf den Purpurfittichen des Abendroths hinüberfliegen mögen in die Rosenschimmer der vor uns dämmernden Lichtwelt.

Ich küßte den Pfirsich-Sammet ihrer Wangen, die Purpurwürze ihrer Lippen, das Lilienweiß ihres schönen Halses. Sie hielt mich schweigend mit beiden Armen umschlungen, und das süßeste Verlangen der keuschesten Liebe funkelte in der veilchenblauen Tiefe ihres schmachtenden Blickes.

»Laßt uns gehen;« sagte sie endlich, nach der seligsten Pause meines Lebens, wie aus einem Traume erwacht; und ich stand schweigend auf, und ging an ihrem Arme in die stillen Thäler hinab. Wir konnten beide eine lange Weile nicht sprechen, so wohl, so unaussprechlich wohl war uns. Wir waren jetzt unter einander als Bruder und Schwester. Wir hatten uns ohne Worte verstanden. Die Liebe bedarf keiner Laute.

Als wir der Wohnung[8] des Vaters näher kamen, sprang Mimili voraus, um mich ihm zu melden; der Alte, ein wahres Kabinetsstück von Denner, kam mir freundlich entgegen, reichte mir die kräftige Rechte, und drückte mir die Hand so derb zusammen, daß ich fürchtete, den ganzen Abend kein Glied mehr rühren zu können. »Seid mir willkommen, Herr Ritter des eisernen Kreuzes,« sagte er mit feierlichem Anstande, »noch ist mir nicht das Heil worden, einen von Eurem Volke in meinem Hause zu beherbergen; Ihr macht mir zuerst diese Freude, Nehmt vorlieb mit dem, was mein Haus beschert! Ihr seid kein Gast darin; Ihr gehört, so lange Ihr bei uns seid, zu unserm Kreise. Mimili, schafft das Beste, was Küche und Keller vermögen; mir soll es ein Festabend seyn, mit Euch bei einem Glase Wein, von der großen Zeit zu plaudern, die vor Euern Augen vorübergegangen ist. Noch habe ich keinen aus dem Felde gesprochen, und mich hat sehr darnach verlangt.«

Mimili sprang wie eine geschäftige Martha im Hause Trepp auf, Trepp ab. Endlich trat sie aus der Thür, mit einem Kötscher von feinem weißen Garn, an einer bunten Ahorn-Ruthe, auf der Achsel.

Das Mädchen war zum Malen schön. »Wollt Ihr mit zum Forellenbach, Herr Ritter?« fragte sie freundlich, und ich flog an ihrer Seite schäkernd zum Bache hinab, der 80–100 Schritte vor dem Hause vorbeiplätscherte. Ein kleiner offener Hälter, der im Viereck in das Gestein eingehauen war, und bei dessen Abfluß bloß ein enges Gitter sich befand, faßte mehrere Schock der muntersten Forellen. Das Wasser war so krystallrein, daß man bis auf den Grund sehen konnte. Mimili war hier wieder vollkommen das kleine wählige

---

[8] Wenn man sich eine lebendige Vorstellung von der Wohnung eines reichen Schweizerlandmannes machen will, muß man das vortreffliche Blatt von Rieter (la maison de paysan suisse) zur Hand nehmen: es kostet 32 Liv. und ist 19″ breit und 14″ hoch.

Kind; wer sie hier am Bache kauern sah, wie sie Semmelkrumen in den Hälter warf, das Mäulchen spitzte, und lockend in das Bächlein pfiff, und mit den Forellen umständlich plauderte, die, wie aus einer Pistole geschossen, zum Spiegel der Silberwellen herausfuhren, der mußte sie höchstens für dreizehn Jahr alt halten; sie senkte den Kötscher in das Krystallwasser, und fing den Bedarf der Abendmahlzeit mit einem Zuge. So sorglich sie sich auch dabei benommen hatte, so waren ihr doch die Fingerspitzchen ein Bischen naß geworden. Lust und Muthwille schleuderten mir die Tropfen in's Gesicht, daß ich kein Auge aufthun konnte, und, als ich mit der hohlen Hand aus dem Silberbecken des Hälters schöpfte, um ihr nach Gebühr die Neckerei mit Zinsen zu erwiedern, da setzte sie, lautlachend, mit ihrem Kötscher und ihren lustigen Forellen, über Bach und Stock und Stein, wie ein Gemschi, und erst, als sie hinlänglichen Vorsprung hatte, wendete sie sich um, und schabte mir Rübchen, daß ich mein Wasser in der Hand, beim Nachsetzen, rein verplumpert hatte, und ihr nun nichts mehr anhaben konnte.

Erst nach dem heiligen Versprechen, ihr nichts mehr thun zu wollen, ließ sie sich in Friedensunterhandlungen ein; ich trug ihr den Kötscher, und unter tausend Scherzen kamen wir zu dem Alten zurück, der sich unsers Jugendspiels freute, und mit eigenem Wohlgefallen die blühende Gestalt des holden Mädchens zu betrachten schien.

Mimili eilte in das Haus, um das Abendbrod zu besorgen. »Was seyd Ihr um des Mädchens willen zu beneiden,« sagte ich, als ich bemerkte, mit welchem stillen Entzücken der alte Mann dem Kinde nachsah.

»Wohl, Herr Ritter, ist es ein neidenswerthes Glück, ein solches Kind zu haben. Sie ist meine einzige Freude und mein einziger Stolz. Die Jahre, da sie in Zug war, sind mir wie Jahrzehnde gewesen, und doch ist es mir lieb, daß sie dort war; denn sie hat dort etwas gelernt, vielleicht mehr, als sie für ihre Lebensweise braucht. Mein Nachbar, Herr ***, hat sie lieb gewonnen (– ich verlor bei dem Wort den Athem aus der Brust –), der liest mit ihr die alten Dichter, und sorgt für neue Bücher und Noten. Sie zeichnet und malt recht hübsch, und wenn sie mir zu ihrer Guitarre etwas vorsingt, da ist mir, als fehle mir in meinen stillen Bergen nichts zu meinem Glücke.«

Ich hörte die Nachsätze alle nur halb; der Herr Nachbar *** lag mir wie ein Schlagfluß vor den Ohren.

Zehnmal wollte ich mit der Frage heraus, wer der Herr Nachbar wäre, wie alt, ob verheirathet u. s. w.; aber ich kam mir so albern vor, daß der Vater gleich bei dem ersten Worte merken mußte, was ich mit meinen Erkundigungen wollte.

Merkte ich es doch selbst jetzt erst. Es war seit meinem Eintritt in die Schweiz, das erste bittere Gefühl, der Gedanke an den Herrn Nachbar.

Mimili kam, und brachte den alten Ryfwein, den der Vater ausdrücklich bestellt hatte. Wir setzten uns unter dem hundertjährigen Nußbaum, den drei Männer nicht umklaftern konnten, und der das ganze Haus mit seinem breitästigen Schatten beschirmte.

Ich hatte keine Ruhe, meine ganze Laune war von mir gewichen. – Mimili war mir verloren! das sah ich deutlich; der unglückliche Herr Nachbar war mir mit seinen alten Dichtern und mit seinen neuen Büchern in den Weg getreten. Es preßte mich, als läg' ich unter einer Schlag-Lauwine begraben. – Endlich fand ich den Faden in das dunkle Labyrinth meiner Ahnungen.

»Im Wirthshaus zu Unterseen,« begann ich mit kecker Lügenstirne, »bemerkte ich heut' einen jungen feinen Mann, der hier in der Gegend bekannt zu seyn schien; gesprächig und unterrichtet, heiter und gefällig. Ist das vielleicht Euer Herr Nachbar gewesen?«

Ich freute mich wie ein Kind, daß ich das heraus hatte; denn, was ich damit ergründen wollte, konnte keinen von beiden einfallen.

»Nein,« fiel mir Mimili lachend in das Wort, »das muß ein Fremder gewesen seyn. Nachbar *** ist ein alter Mann von sechzig Jahren; er ist mit dem Vater aufgewachsen, und seine Frau ist die trauteste Jugendfreundinn meiner verstorbenen Mutter. Schade, daß sie in das Waadtland verreist sind. Die beiden Leute solltet Ihr kennen lernen; das sind Menschen; die gar nicht für diese Welt gehören, so gut sind sie.«

Mir fiel eine ganze Million Granitfelsblöcke vom Herzen.

Nun konnte ich wieder frei athmen, und der herrliche Ryfwein schmeckte nun erst. Mimili setzte sich mir gegenüber, der Alte an meine Seite. Wir schwatzten vom Kriege, und ich mußte erzählen von unserm treuen Volke, wie es überall muthig und kräftig aufgestanden war, das fremde Joch vom Deutschen Nacken zu schütteln; wie wacker sich unsre fünfzehn – sechzehnjährigen Knaben mit den bärtigen feindlichen Garden herumgeschlagen; wie felsenfest unsere Landwehr, der brüllenden Batterie-Schlünde noch ungewohnt, im Feuer gestanden; wie unsere Truppen, oft ohne einen Schuß zu thun, mit gefälltem Bajonet, dem Tode in den Rachen gegangen; wie unter ihren Kolben ganze Reihen der feindlichen Schaaren schmachvoll geendet; wie züchtige, unbescholtene Jungfrauen unter unsern Fahnen muthvoll gefochten, wie Frauen und Mädchen mit zarter Milde die Kranken und Verwundeten gepflegt; wie die ganze Nation freiwillig das Letzte und das Beste hergegeben, und im Vertrauen auf ihren Gott, auf ihre Schutzheilige (die verklärte Luise), auf ihren König und seine Braven, nie gewankt; wie das Silberhaar unsers Marschalls Vorwärts, überall der Ehren-Panner unsers siegreichen Heeres gewesen; und wie unser ritterlicher König, in allen Schlachten unerschüttert, dem Tode, für das Heil seines Volks, die Stirn geboten; wie er dreimal in diesem blutigen Feldzuge, bei Culm, bei Leipzig und bei Bar sür Aube, das Glück des Krieges durch seine Besonnenheit, seinen Blick und seine persönliche Tapferkeit, fest gefaßt und fest gehalten habe.

Dem tieffühlenden Mädchen tröpfelten während meiner Erzählung die Thränen still von den seidenen Wimpern, und der alte Vater stand am Ende meiner Erzählung gerührt auf, zog sein Mützchen, und trank auf das Wohl meines Königs, meines Volks und unsrer sieggekrönten Waffen. Mimili stieß theilnehmend mit an, trank ihr Glas in drei Zügen aus, reichte mir herzig die Hand, und sagte: »möchtet Ihr doch Euer ganzes Volk von mir grüßen können: ich kann es nicht aussprechen, wie gut ich ihm bin. Es hat seinen König so lieb, es ist tapfer, und hat Gott im Herzen. So wie ihr seid, habe ich mir Eure Landsleute gedacht, so lebendig und heiter, und wenn's gilt, fest und ernst.«

Der Vater schenkte die Gläser von neuem voll und brachte meine Gesundheit aus.

Mimili erklärte, nicht eher mitzutrinken, bis ich versprochen, wenigstens acht Tage hier bei ihnen zu bleiben. »Ihr seid ein Mann für meinen Vater,« setzte sie hinzu, »ich habe mein altes Väterchen lange nicht so vergnügt gesehen, als heute.«

»Sprich nicht von acht Tage hier bleiben, Mimili,« fiel ihr der Alte ins Wort; »wenn der Herr Ritter nun länger hier bei uns verweilen will, wirst du's ihm doch nicht verwehren? Ist man traulich und herzig zusammen, so muß man vom Scheiden gar nicht reden.«

Meine Einwendungen, morgen früh schon wieder aufzubrechen, wurde als völlig unannehmbar verworfen.

Wir gingen jetzt in das Haus zum Abendessen. Ich kam mir gar nicht mehr wie ein Fremder vor; ich gehörte in die Familie, als wär ich von Jugend auf hier gewesen. Kein Deutscher Baron kann besser speisen, so hatte Mimili aufgetischt; alle Schweizer-Erzeugnisse, aber die köstlichsten Leckereien hatte sie ausgesucht, und wenn es nach ihr gegangen wäre, ich hätte mich diesen Abend zu Tode gegessen.

Der Côte-Wein, den der Alte mit gastfreundlicher Freigebigkeit einschenkte, machte mich lustig, und der feurige Vaux-Wein, den er zum Nachtisch brachte, jagte mir eine solche Hitze in die Adern, daß, wenn ich mich inwendig besah, es mir vorkam, als glühten mir die Alpen im Kopfe.

Wir hatten endlich abgespeiset.

»Nun solltest Du,« sagte der Alte zu Mimili, »mit dem Herrn Ritter noch einen Gang bis zum kleinen Sturzbach machen; beim Abend nimmt sich der schwarze Felsenkessel, in den das Bächlein – lauter Schaum – silberweis herabstürzt, gar wundersam aus. Ich bin müde, und werde mich niederlegen. Bleibt nicht zu lange aus, Kinder; denn es ist schon spät.«

Ich entgegnete halb im Scherz halb im Ernst, daß es gewagt sey, das Mädchen mit mir allein gehen zu lassen.

Er aber lächelte und sagte mit mildem Ernste; »dem Manne, Herr Ritter, dessen Brust Euer König mit dem Kreuze geziert hat, dem kann ein ehrlicher Vater seine ehrliche Tochter wohl anvertrauen bei Tag und bei Nacht.«

Der Alte hatte gut reden; er stand in den Sechzigern, und hatte an den Ryf-, dem Côte- und dem Vauxwein nur immer genippt, den ich, im Durst und in der Freude, mit vollen Zügen getrunken hatte.

Wir wünschten dem Vater gute Nacht und gingen.

Der Abend war warm und lieblich. Alles schlief in heiliger Stille rund um uns her. Des Thaues kühlende Frische netzte die Matten, ihre balsamischen Wohlgerüche wehten uns leise Lüftchen entgegen, und in der Ferne rauschte der Sturzbach. Vor uns aber, hoch oben im schwarzen Dunkel des Nachthimmels, glänzte das Haupt der ewigen Jungfrau in rosenfarbener Pracht. Noch hat sich kein Pinsel an die Darstellung dieser magischen Beleuchtung gewagt, wie sollte es meine schwache Feder! die Gluth des Abendroths hatte sich verzogen; nur ein leichter, matter Schein schimmerte im Westen, und von diesem spielte das Licht wunderbar wieder in den höchsten himmel-anstarrenden Eiszacken der Jungfrau, die das Feuer der hinuntergesunkenen Sonne gleichsam aufgesogen zu haben schienen, und nun im blassen Rosaflimmer leuchteten.

Ich stand im Anstaunen dieser mir ganz neuen Naturszene verloren, und Mimili hing, den Blick auf die rosene Jungfrau geheftet, schweigend an meinem Arme.

»Laßt uns nicht in den Felsenkessel gehen,« flüsterte sie leise; »es ist dort kalt und schauerlich, schwarz und finster; kommt dort, wo der viele Klee blüht, auf die Bank, da ist es freundlicher und milder.«

Wir setzten uns und kos'ten ein seliges Stündchen mit einander.

Sie war so gut, so traulich, so herzlich hingegeben, daß ich oft wähnte, einen lebendigen Engel im Arm zu haben.

Ich mußte ihr – bloß um des Vaters willen, sagte die kleine Schlange – versprechen, morgen noch nicht zu reisen, und nun erst ward sie das naive, fröhliche Kind wieder, das mit tausend Lust und Liebe scherzte, sprach und küßte. Ich mochte – besinnen kann ich mich nicht genau mehr, wie, aber des Weines Tosen brauste mir in der unheimlichen Brust, wie der Sturzbach im schwarzen Felsenkessel – ich mochte einen kühnen Seitensprung über die Grenze gewagt haben, da faßte sie mir beide Hände und drückte sie gegen das sammtne Mieder, und sagte mit einer Weichheit, in die da drüben das ganze Urgebirge des Erdballs hätte verschmelzen mögen, »thut nicht also, Herr Ritter; ich bin ein schwaches Maidli, und Ihr ein starker Mann, dem der Vater das Maidli vertraut hat.« Sie schlang ihre Linke um mich, und drückte mit ihrer Rechten das eiserne Kreuz an ihre Lippen, wie eine Gläubige, im Drange der Gefahr, ihr Amulet. – Gott nur und seine Jungfrau in den Wolken waren Zeugen, wie blutsauer mir das Entsagen ward: ich saß auf der Granitbank wie auf einem glühenden Roste.

Jetzt fühlte ich erst, was für einen ungeheuern Riegel mir der Alte mit seinem Kreuze vorgeschoben hatte.

Wir mochten so zwei Stunden, vom stillen Dunkel umschleiert, geschwatzt und gemunkelt haben, als wir heim gingen.

Mimili führte mich in mein Zimmer. Es war dicht neben dem ihrigen. Bloß eine Thüre trennte uns.

Es war doch ein wenig zu viel von der Selbstverläugnung verlangt, und ich mag einen solchen Kampf mit mir nicht wieder kämpfen. Kasteiungen dieses Grades sind tausendmal schlimmer, als alles Fasten und alles Geißeln. Der selige Tantalus war gegen mich ein wahrer Glückspilz, und alle Asceten der christlichen Vorwelt haben keine sich aufgelegte Marterqual aufzuweisen, die der meinigen gleich käme. Ich verzehrte mich selbst bei lebendigem Leibe.

Wir sagten einander, ich glaub dreimal, viermal, gute Nacht, und konnten immer nicht von einander. Mimili lag, mit allen ihren namenlosen Reizen, vom Zauber der Liebe in meine Arme gegossen, und doch wich der Engel ihrer Unschuld keinen Finger breit von seinem Posten.

Vom heiligen Feuer der süßesten Gefühle überpurpurt, wiegte sich ihr schwarzes Lockenköpfchen auf meiner Brust; aufgelöst hatten sich die ellenlangen, breiten üppigen Zöpfe, und ihr seidenes herrliches Haar umfloß, in tausend wallenden Ringeln, ihre himmlische Gestalt. Das ganze Wesen war jetzt nichts als Liebe; nur wer die gesunde Kraft der Unverdorbenheit kennt, wird das Vertrauen ehren, mit dem das Mädchen den umschlang, den es sich gleich wähnte. Endlich riß sie sich aus meinen Armen, sagte mir eilends gute Nacht, schlüpfte in ihr Zimmer, und verriegelte hinter sich die feindselige Thür.

Es dauerte bis fast gegen Morgen, um so viel Ruhe zu gewinnen, mich niederzulegen. Der Kopf brannte mir, wie ein verschlossener Feuerberg; das Herz klopfte, daß ich jeden Schlag hören konnte. Die Zunge lag mir im Munde so trocken, wie eine englische Raspelfeile; ich goß mehrere Gläser Wasser in diese innere Gluth, aber bei derlei Zuständen – Wasser thut's freilich nicht. Ich setzte mich in die Stelle des Sopha's, wo vorhin Mimili gesessen hatte; ich hielte mir mit beiden Händen die Augen zu; um die Feier dieser Wonnestunden, in der Stille meines Innern, noch einmal an mir vorübergehen zu lassen, da knisterte in ihren Zimmer ihr Bettchen, in das sie sich eben legte.

Ich sprang auf, und rief ihr durch die Thür eine gute Nacht. Sie sagte mit freundlicher Stimme: »Gute Nacht, lieber Herr Ritter! Legt euch zu Bette, Ihr bedürft der Ruhe.«

Ich wollte noch eine kleine Zwiesprache anfangen, sie aber antwortete: »Ich spreche nicht weiter; schlaft wohl, morgen ein Mehreres!« Und nun war auch keine Silbe aus ihr herauszubringen.

Ich ging mit verschlungenen Armen in meiner Stube auf und ab! ich stand zehnmal vor der fatalen Thür. Wem so das Paradies mit

Bretern vernagelt wird, bei Gott, der schläft auf keinen Rosen. Mich focht auch nicht im mindesten der Schlaf an, ich wandelte, mit dem Licht in der Hand, an den Wänden hin, die hier wieder, wie in Mimilis Kabinet auf der Alpe, mit den köstlichsten Zeichnungen, Kupferstichen und Gemälden geziert waren; ich kramte in den Bücherschränken, die von oben bis unten die ausgesuchtesten Prachtbände schmückten. Alle Classiker der Alten, und die vorzüglichsten Bibliothekwerke im Fache der Botanik und Naturkunde! Auf dem Fortepiano eine Guitarre und das Neueste der ersten Tonsetzer aus der gegenwärtigen Zeit! Aber was half das alles; zwischen dem Mädchen drüben im niedlichen Nachthäubchen unter der seidenen Decke und mir, war doch ein undurchdringliches Bret.

Sie hatte ihren Hut bei mir hängen lassen, sein Nachbar an der Wand war mein treues deutsches Schwerdt. In diesem stillen Augenblick der verlangenden Sehnsucht, war mir das trauliche Nebeneinanderhängen dieser beiden Schutz- und Schirmmittel von der allerhöchsten Bedeutung. »Du rundes leichtes, feines Ding,« begann ich, und es that wohl, daß ich mit etwas sprechen konnte, was ihr gehörte. »Du hast mir das zarte Weiß ihres freundlichen Gesichtchens erhalten, und Du, mein unzertrennlicher Gefährte in den blutigsten Schlachten, ihr mein Leben. Nun ruht ihr friedlich neben einander, und winkt dem Herrn und der Herrin, ein Gleiches zu thun, und ein unglückselig Bret schiebt sich mit Schloß und Riegel dazwischen; Du braves Schwert, Du bahntest Dir durch Eisen, Blei und menschliches Gebein, den langen Weg von väterlicher Flur bis gen Paris, und diesen Schritt – Du wagst ihn nicht?

Mein Schwerdt hing still und schweigend da, als wollt' es nicht aus seiner Scheide, und ich mußte schon endlich mein einsames Lager suchen.

Am frühen Morgen schon war Mimili auf dem Platze, sie rief mir einen fröhlichen guten Morgen zu, und schalt mich einen Langschläfer. Sie hatte bereits einen Eilboten an meinen Reisegefährten gesandt, und ihm, ohne mir ein Wort vorher davon zu sagen, geschrieben, daß ich in acht Tagen mit ihm in Schwytz zusammenzutreffen gedenke.

Nach dem Frühstück, das wir mit dem Alten unter dem Nußbaume verzehrten, wurden zwei Saumrosse vorgeführt. Mimili bestieg das eine, ich das andere, und so ritten wir dem schönen Tage lustig entgegen. Ich sollte weit und breit die ganze Runde ihrer Heimath kennen lernen, und sie versicherte, daß ich Jahrzehende lang hier wohnen solle, und sie werde mich täglich neue Wege führen, und ich solle immer einen reizender als den andern finden.

Das Mädchen hatte auf dem Pferde wieder seinen neuen Zauber. An den gräßlichsten Abhängen, an denen sich unter seiner süßen Bürde das berggewohnte Roß mühsam hinaufkratzte, saß Mimili mit einer Leichtigkeit in ihrem Sattel, als schwebte sie über den schaudervollen Schlünden, die sich dicht unter ihr so ungeheuer tief hinabschrofften, daß das Auge keinen Grund fand. That das Pferd nur einen einzigen Fehltritt, so war das wundersüße Kind unwiederbringlich verloren. Ich konnte nicht hinunter sehen in die schwarzen Schluchten, in denen die himmelhohen Tannen wie kleine Christbäumchen aussahen, und die Hütten der Thalbewohner wie daumenhohe Kartenhäuserchen. Mich schwindelte vor dem Unermeßlichen da unten, in dessen Felsenbette ein eilender Waldbach wildbrausend das Tiefere suchte, und im stillen Entzücken des Vertrauens hing mein Blick an meiner kühnen Führerin, die von der Pracht des Morgens und von dem Reichthum der herrlichen Natur, mit jedem Tausend Schritt immer mehr und mehr angeheimelt wurde.

Auf breitern Wegen ritt sie neben mir, und da sie mir denn immer noch nicht nahe genug war, setzte sie sich nach vielen Bitten mit auf mein Roß, und ließ das ihrige hinterdrein laufen.

Um desto fester zu sitzen, mußte sie mich mit ihren beiden Schwanenarmen umschlingen, und ich befand mich auf meinem Saumrosse von *diesem* Mädchen umfangen viel besser, wie dermalen der liebe Gott in Frankreich.

Ging es bergab, so rutschten die Pferde, wie die Hunde, wenn sie sitzend Schlittenfahren, auf allen Vieren über die Felswände hinab mit einer Sicherheit, daß man diese halsbrechende Parthie hätte im Schlafe machen können. Mimili war dabei übermüthig keck; oft im Augenblick, wenn ganze Massen kleines Gestein und Gerille mit und hinter uns herrollten, und ich dachte, die ganze Nagelflüe der morschen Felsen würde mit uns hinabgleiten in die schwärzlichen

Tiefen, läpschte sie mit mir, und stippte und krabbelte mir mit ihren kleinen Fingern an den kitzlichsten Stellen meiner Halsbinde herum, daß ich sie um Gotteswillen bitten mußte, mich nicht aus dem Sattel zu bringen. Ich ward dann auch wohl wild, und umschlang das vor mir sitzende himmlische Mädchen und strafte es mit hundert glühenden Küssen; aber wenn ich nur eine halbe Linie über die Schnur ging, wozu denn für jeden Adamssohn mancherley Anlaß und Verleitung war, so hatte Mimili eine Manier, alle Vorgriffe dieser Art in ihre Schranken wieder zurückzuweisen, daß nur ihre göttlichen Reize vermögen konnten, einen zweiten Versuch dieser Art zu wagen.

Nach neun Uhr lagerten wir uns im grünen Grunde, an einer frischen Quelle im Schatten eines Nußbaumwaldes, und Mimili brachte aus den Satteltaschen ihres Rosses ein köstliches Frühstück mit einer Flasche rothen Corteillod.[9] Sie kredenzte mir das perlende Rebenblut in einem kleinen silbernen Becher; wir leerten beide Zug um Zug, unter tausend Tändeln und Scherzen die Flasche, und ruhten aus im würzigen Grase. Es kann gar kein Mensch in der ganzen Welt glücklicher gefrühstückt haben, als ich diesen Morgen. Die ganze Atmosphäre war ein warmlaues Meer von Wohlgerüchen; denn Billionen bunter Blumen dufteten weit um uns her, heimlich rieselte der klare Bach zu unsern Füßen hinab; im langen tiefen Thale spähte kein menschliches Auge, der ewigen Jungfrau ernster Blick konnte uns hier nicht erlauschen, und selbst den wachsamsten Schutzgeistern des azurblauen Himmels waren wir hier verborgen; denn das grüne Dach, das die hundertjährigen Nußbäume über uns wölbten, war so dicht, daß kein Sonnenstrahl sie durchschleichen konnte. Der Corteillod glühte mir im Kopfe, und im Arme die unaussprechlich liebliche Mimili.

Ich sog des Himmels Seeligkeit von ihren Lippen. Schäkernde Lüftchen, in den Blüthenkelchen der Matten geboren und vom leisen Westwinde zu uns herüber getragen, spielten mit ihren Locken, mit ihren Bändern, mit den Säumen des fest überspannten Battishemdchens und mit den Zipfeln ihrer bunten Kniegürtel, und säuselten mir ganz vernehmlich in's Ohr, ein Gleiches zu thun. Mimili

---

[9] Er wächst im Fürstenthume Neuschatel, und wird dem feinsten Burgunder gleich geachtet.

aber meinte, ich sey kein schäkerndes Lüftchen, schlug mir auf die Finger und bestieg halb schmollend ihr Saumroß.

Dahin war das götterähnliche Stündchen des Frühstücks, und ich hatte tausend Mühe das Mädchen nur wieder zu besänftigen. »Ich bin Euch gut, wie ich noch keinem gewesen,« sagte sie, und sah wahrhaftig recht böse aus, »aber dann müßt Ihr auch Euch darnach halten, sonst bin ich nie mit Euch wieder allein; ich werde weinen, wenn ich in meinen Thälern werde ohne Euch seyn, aber bleibt Ihr so, wie ihr gestern Abend und diesen Morgen gewesen, dann wünsche ich, daß Ihr heute noch über die Berge geht.«

Ich ritt mäuschenstill hinterdrein, wie Sancho Pansa, wenn er von seinem Herrn verdientermaßen mit dem engen Kamme gekämmt wurde, und erst nach langer, langer Weile reichte sie mir rückwärts die Hand, und fragte ohne sich umzuwenden, aber mit gutmüthigem Tone: »Ihr seyd wohl böse Herr Ritter?«

Da sprang ich vom Pferde, und ergriff die Hand des Engels, und drückte sie herzlich an meine Lippen, und sie ward wieder freundlich, und streichelte mir mit kindlicher Unschuld die Wange.

In dem Augenblicke, daß ich neben ihr herging, kam wieder so ein schäkerndes Lüftchen, das aber diesmal – wir befanden uns wieder auf der Höhe – zudringlicher ward, und ihr das faltige Röckchen aufblähte. Ich hätte gern in aller bestmöglichsten Geschwindigkeit, des Kniees rosiges Grübchen geküßt; aber ich erhaschte schnell des Röckchens flatternden Saum, und bedeckte mit weggewandtem Gesichte das blendend weiße Füßchen der Holdin.

»Kommt zu mir herauf, ich sitze dann besser«, sagte die kleine Lügnerin, weil sie nicht gern wollte, daß ich dem Spiele des Windes länger zusehen möge, und ich flog hinter sie auf das Pferd, und ritt mit ihr fröhlich wieder nach Hause. Ich schob die Schuld von vorhin auf ihren hitzigen Corteillod. »O«, entgegnete sie lachend, »dafür ist Rath: trinkt Wasser! wir haben das schönste in der Welt, und so viel, daß Ihr es nicht gewältigen sollt.«

Hatten wir gestern reichsfreiherrlich gegessen, so speisten wir heute Mittag fürstlich, und mit schweizerischer Gastfreundlichkeit gab der Alte seinen besten Wein, und am wohlbesetzten Nachtisch verplauderten wir das behaglichste aller Verdauungsstündchen. Die feinsten Südfrüchte und zierliches Backwerk, die seltensten Desertweine und Ananas, Eis – kurz, es fehlte nichts, um nicht nach aufgehobener Tafel die vom vielen Essen müden Hände gefaltet auf den Bauch zu legen, und im Stillen auszurufen: Herr, segne was Du bescheret hast. Amen.

Der Kaffee ward unter dem Nußbaume vor dem Hause eingenommen. Mimilis Unterthanen, 6 bis 700 Seelen an der Zahl, versammelten sich zu ihren Füßen. Puten, Enten, Gänse, Hühner, Tauben von allen Gattungen und Farben. Aller Blicke waren auf die Königin gerichtet; in hundert fremden Sprachen krähten, schnatterten, quakten, kauderten und kurrten die buntgefiederten Lieblinge der Lieblichen ihr Entzücken vor, sie zu sehen; und mit beiden Händen streute sie mild und fröhlich des Hafers goldne Pracht unter die schuldlosen Höflinge.

Federvieh hatte ich in meinem Leben hundert, tausend mal füttern gesehen; aber wer Mimili in diesem lustigen Kreise sah, mußte von ihrer Laune, von ihrer Gemüthlichkeit, von ihrer glücklichen Gabe, in das einfachste Geschäft Genuß und Charakter zu legen, bezaubert werden. Sie sprach mit den treuen Genossen ihres stillen häuslichen Lebens plattschweizerisch, wovon ich leider nur den zehnten Theil verstand. Aber die Thiere verstanden die Melodie ihrer Stimme; näher kamen die jungen Küchlein, und pickten das Futter aus ihrer Schwanenhand, und die geschwätzigen Enten wackelten heran, und erzählten ihr gegenseitig die Begebenheiten der letzten vierundzwanzig Stunden im Kreise des Hofes, und die Tauben umschwirrten mit gespreitetem Fittig das wohlthätige Mädchen; Mimili sagte jedem etwas Schönes, nannte viele bei Namen, schalt die Futtergierigen aus, und liebkos'te schmeichelnd die Bescheidenen, die sich nicht heran drängten, sondern in geziemender Entfernung abwarteten, bis die Herrin ihrer gewahrte.

Späterhin spielte Mimili, nach langem bescheidenen Weigern, auf dem Fortepiano; ich setzte mich in den Winkel des weichen Sophas, und bewunderte im Stillen ihre Fertigkeit, ihre Delicatesse im Spiel; sie hatte erst eine sehr schwere Sonate vorgetragen, dann ging sie aus dem Thema der Sonate in eigne Phantasien über; sie verlor sich in die unendlichen Räume der Harmonie, bald rauschte das Instrument unter der Kraft ihrer kleinen Hand wild durcheinander, bald erklang in herrlicher Volltönigkeit ein frommes Hirtenlied, bald ergoß sich das Gemüth des sanften Mädchens in einem weichen Adagio.

So endete sie, und saß mit gesenktem Köpfchen still vor dem Instrumente, und spielte mit den goldnen Ketten ihres Mieders.

Ich stand, die Melancholie ihres letzten Adagio's im Herzen, auf und ging zu ihr. Sie hatte Thränen in den großen blauen Augen.

»Was weinst Du?« fragte ich leise, und küßte die kunstfertige Hand, die den harten Saiten solche weiche Töne entlockt hatte. »Was weinst Du, Mimili?«

Sie schüttelte den Kopf, und lächelte durch die Thränen mit freundlicher Wehmuth.

»Warum die Thränen, meine Mimili? sprich doch! darf ich es nicht wissen?«

»Ihr werdet mich nicht verstehen«, antwortete sie endlich mit niedergeschlagenem Blick, und stand auf und legte sich an meine Brust. Da brach ihr das Herz, und sie weinte lauter.

»Liebste Mimili! was ist Dir? sprich doch, ich bitte Dich!«

»Ihr versteht mich nicht, und ich habe Niemand, dem ich es sagen kann! das dort« – sie wies auf das Fortepiano – »weiß meinen Schmerz und hat mir geantwortet.«

»Lacht nicht über mich, Herr Ritter«, fuhr sie nach einer kleinen Pause fort, »ich bin ein Kind, ein thörigtes Kind, das seine Träume hat; nun mein Herz sich ausgeweint hat, will ich wieder ruhig seyn.«

Ich verstand sie halb; sie ganz zu verstehen, war ich nicht eitel genug; ich umschlang sie und drückte einen langen, seelenvollen Kuß auf ihre Lippen. Sie ging auf ihr Zimmer, um sich die Augen mit frischem Quellwasser zu waschen, damit der Vater nicht merke, daß sie geweint habe; und ich blieb, und sah mit geschlossenen Augen in süßer Verzückung das Rosenlicht meiner seeligen Zukunft aufgehen.

Mimili mein – in diesen zwei Worten lag die ganze Summe meines Erdenglücks. Sobald diese zwei Worte sich nur in meinem geheimsten Innern zusammen gesetzt hatten – über die Lippen waren sie mir noch nicht gekommen – sobald war ich mit mir einig, keinem andern Mädchen in der ganzen weiten Welt meine Hand zu bieten, als diesem himmlischen Engel.

Gut war mir Mimili, das hatten mir ihre Thränen, das hatte mir ihr herzlicher Kuß vorhin gesagt. Für eine so heilige Liebe, als in Mimilis jungfräulichem Herzen wohnte, war kein Wort unserer armen Sprache bezeichnend genug. Konnte ich doch in dem Augenblick selbst nicht sprechen. Ich ging im Zimmer auf und ab, ich hörte noch in meinem Innern die sanften Töne ihres Spiels, ich fühlte noch ihre Arme auf meinen Achseln, ihre würzigen Lippen auf meinem Munde, die Fülle ihres wogenden Busens auf meiner überseligen Brust.

»Aber«, – daß doch dem Menschen, so lange er auf dieser Erde wallt, das verdammte Aber jeden Genuß stören muß – »aber wird Mimili das Paradies ihrer Heimath verlassen und dir folgen? wird sie, hier aufgeblüht unter den Blumen ihrer Matten, dort leben können, wo das kümmerliche Haidekraut im saftlosen Sande verwelkt? wird sie für die tausend Natur-Reize, die sie hier fesseln, dort Ersatz finden? wird es ihr nicht bangen, wenn sie statt ihrer herrlichen Alpenwelt leere flache Steppen, statt ihrer würzigen Nußbaumwälder raupenfräßige Kieferhaiden, statt ihrer Krystall-Quellen moorige Sümpfe, statt ihrer blanken Kühe im duftigen Klee schlabernde Pferde im sauern Schilfgrase, statt ihrer muntern Forellen einsame Unken findet? wird ihr für alle diese Entbehrungen dein Herz, dein armes Herz allein Ersatz seyn? wird der Vater sich entschließen können, dies Mädchen, die Freude seiner Alpen, in unsere märkisch-phrygischen Wüsten ziehen lassen? wird Mimili ihr Brüstli, ihr Miederchen und ihr faltiges Röckchen nicht mit den, uns von der Mode aufgedrungenen französischen Kleidern vertauschen müssen? wird sie mit ihrer einfachen Schweizertracht nicht am Ende auch ihre schweizerische Natürlichkeit ablegen? wird das freie Alpenmädchen nicht an der flachen Erbärmlichkeit unserer Conventionswelt tausendmal anstoßen? wird sie sich nicht aus unsern steifen gemüthleeren Zirkeln, die oft nur von den rothen und schwarzen Klecksen auf zwei und funfzig Pappblättern zusammen gehalten werden, hinaussehen nach ihren fröhlichen Gizzis und

Aülis, und zu ihren schnatternden Gänsen und Enten, zu ihren kurrenden Tauben? wird sie? –

Ich hätte noch hundert solche »wird sie's« mir in den Weg geworfen, wenn nicht eben eine Dienerin des Hauses mich zum Abendessen eingeladen hätte.

Auch Mimili mußte unterdessen ein Selbstgespräch gehalten haben, was sich mit »wird er« angefangen hatte, denn sie war still und ernst.

Erst als sie der Vater fragte, ob ihr etwas fehle, fiel sie der davongehenden Laune in den Zügel, und gewann es über sich, mit mir und dem Vater zu scherzen; aber ich sah heller, als der Alte; ich sah dem krystallenklaren Wesen bis auf den Grund ihres reinen Gemüthes, und warf in ihm den goldnen Anker meiner Hoffnung.

»Auf die Bank, wo der viele Klee blüht«, flüsterte ich ihr nach dem Essen leise in das Ohr; sie nickte lächelnd mit dem kleinen Kopfe, holte ihre Guitarre und sagte zum Vater: »Mi Aetti, dem Ritter heimelt die Bank an, wo wir gestern gesessen, da will ich ihm vorsingen, bis er einschläft, und dann lege ich ihm Ketten an, daß er bei uns bleibe, bis der Klee verblüht ist.«

Der Alte lachte, wir aber gingen Arm in Arm nach der Bank, wo wir gestern gesessen, und Mimili griff ungebeten in die Saiten ihrer Guitarre und sang der Schweizerlieder lieblichste, die sie nur wußte. Der Silberglockenklang ihrer reinen metallreinen Stimme tönte weit über die stille Matte hinaus in die schwarzen Felsengründe hinüber. Es war, als rege sich kein Läubli in den Zweigen, als höben die Blumen ihre kühlbethauten Kelche höher, um die zarten Zaubertöne zu behorchen. Ich schauerte aus einem Entzücken in das andere hinüber; ich setzte mich ihr näher, und als ich dicht neben ihr saß, war mir immer noch, als wäre sie noch viel zu weit von mir; ich zog sie herüber in meine Arme, auf meinen Schoos. Sie legte schweigend die Guitarre weg. Ich hätte unter der süßen Bürde meiner kleinen Mimili vor Wonne, vor unnennbarer Seligkeit vergehen mögen.

»Verderbt mich nicht, Herr Ritter«, sagte sie bittend und schlang den schönen Arm, wie ihn kein Apelles geschaffen um meinen Hals; »machet nichts Arges mit mir, ich bin ein schwaches Maidli, und Ihr ein starker Herr und Ritter; ich bin Euch so gut, als noch Keinem im ganzen Alpenland. Aber laßt mich bleiben, wie die Jungfrau die immer hell und klar ist, und rein und ewig unbefleckt.« Sie wies auf die Himmelhohe, die in der Sternennacht heiligem Dunkel rosenfarbig glänzte, wie ein ungeheurer Rubin-Ballais; sie drückte mir der Liebe süße Küsse auf die Lippen, sie streichelte mir unter den zartesten Liebkosungen die Wangen, sie wirrte mir mit ihren niedlichen Fingern in den Haaren – wäre es dunkler gewesen, ich hätte geglaubt, ein Kind von drei Jahren auf dem Schoose zu haben, so schuldlos tändelte Mimili.

»Das kann ja wohl nichts Böses seyn«, fuhr sie fort, »wenn ich Euch küsse. Ich weiß es nicht woher es kommt, aber wenn der Vater oder der alte Herr Nachbar mich küßt, ist's mir das nicht, was es ist, wenn Ihr mich küßt und mich Eure kleine Mimili nennt. Ich bin *heute* so froh und so fromm aufgestanden, als *gestern* früh; und das hätte ich, sollte ich meynen, nicht gekonnt, wenn die Küsse, die Ihr mir gestern gegeben, etwas Unchristliches gewesen wären. Meynt Ihr nicht auch so, Herr Ritter? – Heute früh, o, Ihr schlieft noch, fauler Herr, war ich schon hier auf der Matte; alle Felsen rundum haben müssen Euern Namen lernen, daß sie mir Euch nennen können, wenn Ihr fort seyd; da habe ich doch Jemand; der mir von Euch spricht, wenn ich allein bin. Nun will ich Euch auch sagen, warum ich vorhin weinte, und beym Nachtessen Anfangs verstimmt war. Wenn Ihr werdet weg seyn, da – vielleicht schickt es sich nicht, daß ich Euch das sage, aber es ist ja nichts Böses an sich, und mir ist, als müßtet Ihr alles wissen, was ich denke und fühle – wenn Ihr werdet weg seyn, da wird mir mein Leben nicht mehr gefallen. Dem Aetti darf ich das nicht sagen, der spricht gleich, hast Du nicht Deine Heerden, Deine Gizzis und Tauben, Deine Alpen und Blumen? Alles gut; aber ich habe Niemand, der mich seine kleine Mimili nennt, der mit mir schwatzt, mit dem ich kosen kann, und der mir hundertmal in einem Tage sagt. daß er mir gut ist. Ihr werdet weit, weit weg gehen, und an die arme kleine Mimili in ihren stillen Bergen wird kein Mensch in der ganzen Welt denken. Mein Geist wird über den Saum unserer Gebürge zu Euch hinüber fliehen, und mich werden sie unter kalten Felsen begraben. Seht, das fiel mir heute im Zwielicht, als ich spielte, alles ein, und da wallte mir das Herz über und ich mußte weinen. Nun ist es besser, das jetzt sagen können, was mir vorhin, ich weiß selbst nicht warum, um keinen Preis möglich gewesen wäre. Nun ihr es aber wißt, und Ihr habt mich wirklich so lieb, als Ihr immer sagt, und als ich gern glauben mag; – nicht wahr, nun gebt Ihr den acht Tagen, die Ihr hier zu bleiben versprochen, noch achte zu? nicht wahr, Herr Ritter? Ihr wißt, ich kann's nicht leiden, wenn Ihr mich auf das Ohrläppchen küßt; es kitzelt mich so entsetzlich – aber ich will mich zwingen, ich will's aushalten; ich will alles thun, was Euch Freude macht, und was ich thun *kann*, aber bleibt noch acht Tage länger! bedenkt, wir sehen uns dann nie – nie wieder, und was sind acht kurze Tage für ein Menschenleben?«

»Mimili«, sagte ich, und drückte sie herzlich an mich, und küßte das sammetne Ohrläppchen, daß sie die kleinen blendendweißen Zähnchen zusammen biß, um die Pein des Kitzels zu überwinden. »Mimili, meine heilig geliebte Mimili, wenn wir nun immer beisammen blieben!«

»Wie denn immer?« fragte sie auf einmal sanft, aber ernst, als ob sie erschrocken sey und der Frage Räthsel ahne, zu der mich ihre Wünsche verleitet.

»Mimili, sprich mein Urtheil aus,« sagte ich, und mir ward so ernsthaft und so feierlich um's Herz, als mir im Leben noch nicht gewesen, »wenn Du nur so klar in meiner Seele lesen könntest, als ich in der Deinen, dann würdest Du *wissen*, was Du jetzt hoffentlich *glaubst*, daß ich es ehrlich mit Dir meyne, und daß ich Dich liebe, wie kein Wesen in der ganzen Welt, daß ich ohne Dich nicht leben kann, und daß ich Dir Treue schwöre bei Gott, dem Ewigen, bis in den Tod. Sey mein, Mimili, sey mein holdes Weib.«

Mimili sah mir lachend in's Gesicht und sagte: »Ich glaube, Herr Ritter, Ihr faselt; was wollt Ihr mit dem dummen Alpen-Maidli in Eurer blanken Residenz? Was würden Eure großherzigen Frauen und Mädchen sagen, wenn Ihr eine brächtet, die nichts, gar nichts gethan für Euern König und Euer Volk; die nicht kennte ihre Sitte und Weise, und die nichts weiter wüßte, als ihre Liebe zu Euch. Hier gefalle ich Euch, weil Ihr keine Andere seht; aber kommt nur erst heim! wenn sie Euch entgegen ziehen werden mit Glockengetön und lustigen Reigen, und die Jungfrauen Euch bringen werden des Dankes Thränen im Auge, blühende Myrthenkränze in der

Hand und liebende Herzen im Mieder – o, wo werdet Ihr dann an mich denken! Für die Euer Herzblut geflossen, für die Töchter Euers Volks hebt Euch auf, edler Herr Ritter, nicht für das Hirtenmädchen der fremden Schweiz. Und – denket Ihr denn, daß mein Aetti mich ziehen lassen möcht'? Müßt ihm nicht das Herz mitten von einander brechen, wenn ich über die Berge gänge, und nicht wiederkehrte? Könnte ich denn in Euren lärmenden Gassen ruhig seyn, wenn ich wüßte, daß der alte Mann in seinem stillen Hause daheim allein säß, bis er zur seligen Mutter käme? – Oder wolltet Ihr ewig Euch von Eurem ritterlichen König trennen, dem Ihr Euren Arm geschworen, ewig von Eurem großen Volke, für dessen Heil Ihr dem Tod Euch preisgegeben, und hier in einem Lande bleiben, in dem Ihr nie heimisch werden könnt? Wird das Unendliche meiner Liebe Euer stilles Leben hier auf immer ausfüllen? – Nein, mein Herr und mein Ritter!« schloß sie und lachte nicht mehr, sondern legte sanft weinend das Köpfchen auf meine Achsel »nein, diesen schönen Traum habe ich aufgegeben; ach – ich darf es Euch jetzt sagen, ich habe ihn auch geträumt; aber als ich vorhin spielte und tief in meinem Innern ruhig prüfte, zerfloß der bunte Schimmer meines Glücks wie eine leichte Lauwine; ich hatte meiner geheimsten Wünsche Höchstes darauf gebaut, und es ist alles, alles hinabgestürzt in die tiefen Schlünde, aus denen keine Rettung möglich ist. – Keine Rettung! – mein Freund – mein süß geliebter Freund, das ist schrecklich!«

»Morgen,« entgegnete ich ihr, von ihrer herzigen Rede ergriffen, »spreche ich mit dem Vater.« Jetzt, da ich das Geständniß ihrer Gegenliebe hatte, war keine Macht der Welt möglich, mich von *diesem* Engel zu trennen. Wir machten hundert Pläne, und verwarfen sie alle wieder. Wir saßen bis nach Mitternacht auf der Bank, glücklicher, als mancher Fürst auf seinem Thron. Als wir heimgingen, rief sie den Bergen meinen Namen, damit sie ihn, wie sie sagte, nicht vergäßen; ich rief ihren Namen, und die Felswände jenseits der Kleematten, riefen ihn vier, fünf, sechs Mal wieder, erst deutlich Mimili, dann mili und ili, bis endlich in weiter, weiter Ferne leise es wiederhallte li – li – li.

Sie sagte wehmüthig lächelnd: »Ihr habt keine Berge! wenn Ihr auch meinen Namen dort bei Euch einmal nennt, so wird der Wind ihn verwehen, der über Eure Flächen fährt, und Niemand wird Euch mich nennen, und Ihr werdet mich vergessen. Die Vertrauten meines Geheimnisses aber; die Freunde meiner Jugend, meine Berge, die Euch gesehen haben, die Euch kennen, die Zeugen unserer seligen Stunden gewesen sind, die werden mir theilnehmend antworten, wenn ich sie im Schmerz meiner Einsamkeit um Euren Namen frage, und mein einziger Vertrauter soll hier das heimliche Echo seyn.« Sie rief noch einmal mit ihrer Silberstimme durch die schweigende Mitternacht gegen die himmelanstarrenden Felsen meinen Namen, und lauschte mit zurückgehaltenem Athem auf die Laute, welche die Berge eben so melodisch wiedergaben, als sie solche bekommen hatten. Es war, als spräche ein Wesen aus den Sternen zu uns herab, so weit und so himmelrein klang die Sprache, die Mimili in ihre Berge gesprochen hatte.

Als wir nach Hause kamen, saßen wir noch länger, als eine Stunde in meinem Zimmer; ich hatte unterwegs über Durst geklagt; sie holte selbst (denn das ganze Haus schlief schon) eiskaltes Wasser an der Quelle, und tröpfelte Limoniensaft hinein, schnitt Ananas-Scheiben in das Glas, süßte es mit Zucker, mischte Wein darunter und bereitete so ein herrliches Getränk. Wir tranken aus einem Glase, und küßten uns bey jedem Zuge.

»Ich schiebe auch heute den Riegel nicht vor,« flüsterte mir Mimili halb verschämt in das Ohr: »wenn Ihr mich so liebt, wie Ihr sagt, muß ich ja Vertrauen zu Euch haben, denn ihr werdet meine Liebe ehren, wenn Ihr Euch selbst ehret. Aber nun auch gute Nacht, mein Freund. Es ist spät, so lange bin ich im Leben noch nicht auf gewesen.«

Der Gutenacht-Kuß dauerte wieder wenigstens eine Viertelstunde; endlich ging Mimili, und schob den Riegel hinter sich – nicht zu.

Die Geschichte mit dem Riegel leitet sich eigentlich von einem kleinen Zwiespalte her, den wir diesen Abend gehabt hatten. War mir es wirklich als ein Zeichen von Mißtrauen – – – nein, nein, ich will ehrlich seyn! Ich komme jetzt auf eine recht schlechte Seite von mir, aber offen und wahr will ich, wenigstens in diesem Augenblick, gegen mich selbst seyn – der Riegel war mir gestern ganz entsetzlich fatal gewesen. Ich konnte mir an allen zehn Fingern abzählen, daß der verdammte Riegel diese Nacht mir wieder in die Quere kommen würde, und studirte nun auf eine feine Ueberflügelung, um mir die Thüre frei zu erhalten.

Pfui, über mich!

Mimili, dieses fromme, reine, unschuldige Mädchen hatte ich betrügen wollen.

Durch ein einziges Wort, das mir der Satan eingab, hatte ich das zarte, weiche Gemüth dahin gebracht, mir meinen Willen zu thun. Ich hatte ihr auseinander gesetzt, daß, wo Mißtrauen sey, keine wahre Liebe aufkeimen könne, daß sie mich daher unmöglich lieben könne, so lange sie mißtrauisch gegen mich sey, und daß der bewußte Riegel ein offenbarer Beweis ihres mich sehr niederschlagenden Mißtrauens sey; sie hatte mir in dem ersten Augenblick kurz abgebrochen und empfindlich geantwortet, und ich hatte geschmollt; später war sie auf den widrigen Riegel wieder zurückgekommen, und hatte mir mit unendlicher Züchtigkeit die Gründe angegeben, warum sie nicht thun könne, was ich begehre; – und jetzt gab sie von selbst die freiwillige Versicherung, die Thüre unverriegelt zu lassen, und sie hielt Wort.

Die Gewalt der Tugend, die unendliche Gewalt der Tugend lernte ich in dieser Nacht erkennen.

Mimili, im Point-Häubchen, unter der leicht seidenen Decke, in dem weiß umvorhangten Bettchen, zehn Schritte von mir, die Thüre offen, stille heimliche Mitternacht – überall die höchste fleischliche Sicherheit – weiß Gott im hohen Himmel, kein alltäglicher Fall – und ich will tausend an meine Stelle setzen, die halb so gut waren, als ich, und sie wären nicht gegangen. »Ihr werdet meine Liebe ehren, wenn Ihr Euch selbst ehrt«, hatte Mimili gesagt, und dabei hatte sie sehr ernsthaft, sehr bestimmt und sehr stolz ausgesehen – ich hatte, ich will es nicht läugnen, einmal die Klinke der Himmelspforte beinahe schon in der Hand; ich wollte, log ich mir vor, nur sehen, ob Mimili schliefe! aber ich fuhr mit der Hand zurück, als wäre die Klinke glühend; denn Mimili stand wie eine Heilige vor mir. Ich war zufrieden mit mir, aber doch auch nicht recht. O die Menschen, wenigstens die Mannspersonen, sind grundschlechte Kreaturen! – Mimili schlief, umstellt von den Engeln der Unschuld, und eingewiegt in die Träume der süßesten Liebe; und ich – rang mit dem Satan, der mich in meine schnöden Begierden verstrickte, wie eine Kreuzspinne die Fliege in die Fäden ihres Gewebes. Zehnmal sagte ich mir:»Mimili muß dich hassen lernen, wenn du ihr

Vertrauen mißbrauchst; geh' nicht; bleib' zurück; entweihe das Heiligthum nicht, in dem das Engelskind ruhig schlummert, weil es dich so tugendhaft glaubt, als es selbst ist.« – und zehn- – – nein, zu meiner Ehre, nur einmal sagte ich mir wieder: »hast du denn keine Augen? Siehst du denn nicht, daß das alles die raffinirteste Koketterie ist? Würde denn eine unbescholtne Jungfrau deiner Residenz sich dir in dunkeler Nacht auf den Schoos setzen? würde sie mit dir allein gehen? ja, würde sie nur ein Röckchen tragen, das kaum bis zur Wade reicht? Ist denn dies alles nicht offenbar berechnet, über deinem Sinnen-Zunder ein Feuer anzuschlagen, welches, wenn es einmal zur Flamme emporgelodert, gar nicht mehr gelöscht werden kann? Ist dir denn mit dem Riegel endlich der Staar nicht vollends gestochen? Sie sagt dir ja selbst mit klaren Worten, daß sie ihn nicht vorgeschoben, daß du kommen sollst. Geh'; versäume den süßen Augenblick nicht.

Mimili, das lieblichste Alpenkind des ganzen Erdenrundes, öffnet dir Thüre, Herz und Mieder.

So wogte es mich hin und her, ich glühte und fror; ich wollte, und wollte nicht; ich bildete mir ein, tugendhaft zu seyn, und verkaufte meine ewige Seligkeit, sammt allen Gnadenmitteln, dem leidigen Teufel; ich schwelgte im Gedanken, Mimili's Reize zu erschöpfen, und ich hätte mich vernichten mögen vor Aerger, daß ich eines so bübischen Gedankens nur fähig war. Kurz, ich verbrachte das dritte Viertel der Nacht auf eine so quälige Weise, als ich noch keine in meinem Leben durchwacht hatte.

»Nein,« sagte ich endlich, und legte mich, müde, als hätte ich mit einem Giganten gekämpft, zu Bette, »nein, das muß anders werden. Morgen spreche ich mit dem Vater, und über ein Kleines werdet ihr mich um diese Zeit nicht mehr hier in diesem Bette sehen, sondern drüben hinter den blüthenweißen Vorhängen, die vor Mimili's Bettchen hängen, schweigend und verschwiegen, wie der Vorhang vor dem Allerheiligsten des Salomonischen Tempels.«

Mimili war, als ich den folgenden Morgen aufstand, schon ausgeflogen, zu ihren Bergen, zu ihren Heerden, zu ihren Fischen, zu ihren Tauben, zu ihren Blumen, ich weiß es nicht. Mir war es lieb, denn von ihren gewöhnlichen Läppschereien wäre ich nur gestört worden, und ich war eben sehr feierlich und ernstgestimmt; ich hatte meine Worte, mit denen ich den Vater um das Mädchen begrüßen wollte, sehr sinnig und zierlich geordnet. Er konnte sie mir gar nicht abschlagen, denn ich hatte ihn bei seinen schwächsten Seiten angegriffen; ich setzte mir seine Einwendungen entgegen, und beantwortete sie gleich auf dem Fleck alle so bündig, daß er nicht ein noch aus konnte, und am Ende seine holde Mimili holte, und sie mir an das Herz legte. Ich stand mit dem Gesichte gegen das Fenster und perorirte halb laut meine ganze Rede noch einmal durch, als auf einmal Mimili hinter mir vor Lachen laut ausplatzte; sie war auf den Strümpfchen hinter meinen Rücken herein geschlichen, und hatte die größte Hälfte meiner Rede gehört, ohne den Zusammenhang zu verstehen.

Der Morgenthau hatte sie gefrischt; die veilchenblauen Augen funkelten klar und lebendig, wie ein Paar Morgensterne, und am Busen wogten die köstlichsten Wiesenblumen, in ihrer Mitte ein kleiner Strauß würziger Erdbeeren. »Eßt, genießt,« sagte sie, und bot mir des Busens herrliche Fülle, »sie sind reif; ich habe sie eben gepflückt, sie werden Euch schmecken.«

Ich pflückte mit den Lippen die rothen aromatischen Beeren aus den bethauten Blumen. Mimili drückte mir dabei einen fröhlichen Morgenkuß auf die Stirn, und fragte lachend, was ich so pathetisch gepredigt habe. – Ich aber schloß das himmlische Mädchen in meine Arme, und bat sie schweigend um ihren Segen zu meinem Gang, denn ich sagte nichts von meinem Vorhaben, weil mir, so gewiß ich meiner Sache noch vor einem Augenblick gewesen, ihr jetzt gegenüber, doch die Möglichkeit vor die Seele trat, daß das Geschick mir dieses Mädchen nicht gönnen, und dem Vater nach Anhörung meiner Anträge ein niederschmetterndes »Nein« auf die Zunge legen möchte.

Der Vater hörte meine Worte halb lächelnd, halb ernsthaft an, und entgegnete mit herzlichem Händedruck: »Ich dank' Euch der Ehre, Herr Ritter, die Ihr mir und dem Maidli anthut, gar höflich. Es ist mir nichts Neues, denn daß Ihr dem Dinge gut seyd, habe ich schon den ersten Abend gemerkt: auch Mimili ist Euch nicht abhold, und wider Eure Person, Herr Ritter, habe ich nichts einzuwenden; auch gefällt mir, was Ihr mir wegen Eures Häuslichen gesagt, aus dem ich wohl abnehmen mag, daß Ihr eine Frau ernähren möget, auch wenn sie Euch nichts zubrächte, was, Gott sey Dank! hier der Fall nicht ist. Indessen, Herr Ritter, Ihr liebet das Maidli seit zwey Tagen, ich seit sechszehn Jahren. Ihr solltet wohl abnehmen, daß mich es nicht erfreuen mag, mein einziges Herzkind mit Euch ziehen zu sehen über die Berge nach Euerm Lande, und allein hier zu bleiben mit meinen Heerden, bis an mein seliges Ende. Gott der Herr hat meine Alpen gesegnet, daß Mimili mir einem Eidam geben kann auch mit leerer Hand, er wird an ihrer Seite hier nicht darben. Da habe ich mir denn nun die letzten Tage meines Lebens von jeher nicht anders gedacht, als daß Mimili bei mir bleiben, und mir die Augen zudrücken soll, wenn mir die Alpen zum letztenmale glühen. Ihr verderbet mir meinen Plan, denn das Weib soll dem Manne folgen, und ich kann Euch nicht bitten, hier zu bleiben, da Ihr Eurem Lande gehört und Eurem Könige. Doch will ich gern meiner Wünsche liebsten hintan setzen, wenn ich weiß, daß Gott Euch auserwählt hat für mein Kind, auf daß es glücklich sey mit Euch sein Leben lang. In Eurer Heimath wohnen brave Leute, die ich liebe und ehre; dort wird Mimili Menschen finden, von denen sie Gutes und Liebes genießen wird. Ich werde Euch dort besuchen, und Ihr mit meinen Enkeln mich auch; und so wird mir die Trennung nicht so schmerzlich fallen, als es mir jetzt dünken will; und wenn ich nicht mehr bin, und Ihr älter geworden seyd, und Eure Kräfte, mit denen Ihr Eurem Lande nutzen sollt, geschwunden sind, dann könnt Ihr mit Mimili und meinen Enkeln herziehen, und Euer letztes Stündlein in Ruhe hier abwarten, weil ich meine Alpen nicht gern in fremden Händen wissen mag, und weil es sich, meyne ich, in einem stillen Thale besser sterben läßt, als in einer großen Stadt. Seht, edler Herr, das habe ich mir alles schon ausgedacht, nur weiß ich nicht sicher, ob Ihr der seyd, den Gott meinem Kinde mit seiner Gnade erwählt hat. Mimili hat noch keinen gesehen, als Euch; vielleicht liebt sie Euch nur darum. Ziehet jetzt hin in Frieden. Es sind in unserm Canton, und in den nächsten hier herum, manche junge Bursche von rechtlichen Aeltern, unter denen ich früher den einen oder den andern im Stillen wohl werth gehalten, um meines Maidli's Hand werben zu dürfen. Ich werde mich mit meinem alten Herrn Nachbar darüber berathen, und ihnen den Zutritt nicht wehren, daß Mimili sie kennen lerne, und wendet sich dann ihr Herz nicht von Euch, sondern bleibt es Euch binnen Jahres-Frist noch treu und gewärtig, so werde ich Euch, wenn Ihr zurückkommt und um sie fürder freiet, mit Freuden meinen Segen geben. Jetzt aber, guter Herr, gebt mir Ritterwort und Handschlag, daß Ihr gegen Mimili von dem, was wir gesprochen, nichts merken laßt, auch ihr kein Gelöbniß ablocken wollet, damit solches nicht an Eides Statt sie an Euch binde, sondern sie frei bleibe, wie ein Schweizer-Maidli seyn soll, das seine Hand noch keinem zugesagt hat. Ich werde unterdessen nichts wehren und nichts stören, sondern Gott walten lassen; der es immer mit uns am besten macht.«

Ich möchte wohl einen Spiegel zur Hand gehabt haben, um das Gesicht zu sehen, das ich bey dieser Erklärung machte; mir kam es unermeßlich lang vor.

War die Bestimmung des Probejahres dem Vater wirklicher Ernst, oder war es berechnete Schlauheit, mich nur erst mit guter Manier über den Gebirgskamm zu schaffen, und dann Mimili's Hand an einen, wahrscheinlich schon in petto habenden Schweizerburschen zu verjüdeln, der eben so viel Alpen und Kühe in die Schaale legen konnte, als der Alte hatte?

Widersprach ich, so kam ich nicht durch, daß sah' ich der Festigkeit des Vaters wohl an; auch sagte mir mein Gefühl, daß sich hier nichts erstürmen lasse, daß einem Vater nicht zuzumuthen sey, eine Tochter, wie Mimili, dem ersten besten Reisenden zum Weibe zu geben, den er kaum zweimal vierundzwanzig Stunden kannte, und von dem er eigentlich nichts weiter wußte, als daß der künftige Herr Schwiegersohn einen recht gesunden Appetit und ein vortreffliches Gefälle hatte. Der Alte hatte seine Verbindungen mit Handelshäusern in Bern, diese die ihrigen in meiner Heimath; sehr möglich also, daß er erst nähere Erkundigungen über mich einziehen wollte, und dieß konnte ich ihm bei aller Gewißheit, daß diese Nachfrage nicht unvortheilhaft für mich ausfallen werde, auch wieder nicht verargen.

»Es ist schwer,« entgegnete ich nach kurzem Kampfe mit mir selbst offen und ehrlich, »es ist schwer, von Mimili zu gehen, ohne den Kuß der Verlobung mitzunehmen: aber Ihr wollt es! Ein guter Sohn muß dem guten Vater gehorchen. Laßt hundert um des Mädchens Hand werben, wenn Mimili mich so liebt, – nein das kann sie nicht, – wenn sie mich nur halb so liebt, als ich sie, so fürchte ich mich vor keinem; hier meine Hand und mein Wort, ich will hinter Eurem Rücken ihr förmliches Jawort nicht ablocken; aber dagegen müßt Ihr mir auch versprechen, sie keinem Dritten zu geben, bevor ich sie nicht wieder gesehen; ich komme, läßt mir Gott das Leben, nach Jahresfrist wieder, dann mag Mimili über mein Glück vor Euch selbst und vor Eurem Herrn Nachbar entscheiden, als ein freies Schweizermädchen. Versprecht Ihr mir das?

Der Alte nickte schweigend, und gab mir die Rechte.

»Und ihr verhehlen, wie unsere Sachen stehen, kann ich auch nicht. Der Mann muß gegen das Mädchen, dem er einmal seines Lebens höchstes Glück, seine Kinder und sich selbst vertrauen will, keine Geheimnisse haben, er muß immer mit freiem Blick ihr in das freie Augen sehen können; also muß ich ihr sagen dürfen, was Ihr mit mir und ihr im Laufe dieses Jahres vor habt, und ich muß sie bitten dürfen, über sich nicht eher bestimmen zu lassen, als bis ich nach Verlauf des von Euch festgesetzten Jahres wieder zurückgekehrt bin. Das ist noch kein Gelöbniß. Seyd Ihr das so zufrieden?«

Nach einigem Besinnen sagte der Alte: »Meinetwegen, – und ohne Schwur, ich weiß jetzt noch keinen, der mir zum Eidam mehr gefällt, als Ihr, Herr Ritter; nur daß Ihr mein einziges Kind mir aus meinen Thälern mit wegführen wollt, das will mir nicht gefallen.«

Die wenigen Tage, die ich noch in diesen, mir ewig unvergeßlichen Thälern verweilte, waren nur Tage der süßesten Seligkeit. Kein Seraph kann fröhlicher, schuldloser, reiner, glückseliger leben, als ich und Mimili. Der Alte – ich muß es ihm zur Ehre dankbar nachsagen – behielt sein unbeschränktes Vertrauen nach wie vor. Er ließ uns allein gehen, wohin wir wollten, und thun und treiben, was wir wollten.

Mimili lachte hell auf und klatschte in die kleinen Hände, als ich ihr von dem Probejahr und von den jungen Schweizern erzählte, die nun aus allen Kantonen rundum angestiegen kommen würden.

»Das soll mir recht lieb seyn«, meinte sie, »dann habe ich doch eine kleine Veränderung; denn die Einsamkeit, glaube ich, wird mich erdrücken, wenn Ihr fort seyd; ich muß jedem freundlich seyn, und höflich, das verlangt das Gastrecht, und auf so was sieht der Aetti streng; aber – und sie ballte die rechte Hand in die linke – so, wie Ihr glaubt, soll mir Keiner kommen. – Macht Euch nicht finster und traurig vor der Zeit, lieber Freund und Herr, in der Stunde des Abschieds wollen wir mit einander weinen, aber bis dahin laßt uns guter Dinge seyn. Dieß eine Jahr ist ja immer nur ein Jahr; die sechszehen, die ich verlebt habe, sind mir ja ohne Euch geworden wie vierzehn Tage; wenn ich Euch im Herzen habe, wird mir die Zeit noch kürzer werden, denn nun habe ich immer erschrecklich viel zu denken, und zu dichten, und zu trachten; das Einzige nur, was mich bei der Sache verdrüßlich macht, ist, daß ich unterdessen um ein ganzes Jahr älter werde, und daß ich, wenn Ihr wieder kommt, vielleicht nicht mehr so hübsch bin, als Ihr meinet, daß ich jetzt sey; seht, Herr Ritter, wenn das wäre, ich könnte mir die Augen aus dem Kopfe weinen, denn daß Ihr mich in dem Jahre vergessen könntet, nein, das ist nicht möglich, nicht wahr, lieber Freund, mein erster, mein einziger Freund, das ist nicht möglich! Ihr habt mir es ja gesagt, daß Ihr mich treu lieben wollt, und Ihr habt, als Ihr mir das sagtet, Eure Hand dazu auf Euer Herz gelegt. Nein, Ihr könnt mich nicht betrügen. Nein, nein, wer sein Leben hat einsetzen können für das Heiligste der Menschen, für die Wahrheit und für das Recht, der kann nicht lügen, der kann einem schuldlosen Maidli nicht wortbrüchig werden, nein, er kann nicht. Das Herz würde mir ja in der Brust zerbrechen, und ich würde bittere blutige Thränen vergießen, bis mich Gott abrief zu meinem Mütterlein, die treu geliebt hat, und treu geliebt worden ist, und die nun schläft im stillen Frieden. Nein, guter Herr, das thut nicht an mir, das würde Euch keinen Segen bringen.«

Sie brach bei diesen Worten in lautes Schluchzen aus; sie faltete die Hände schmerzlich in einander und flüchtete, wie ein von schwarzen Traumbildern aufgeschrecktes Kind, an meine Brust.

Ich beschwichtigte ihre aufkeimenden Zweifel durch die heiligsten Versicherungen, schloß sie dicht in meine Arme, und küßte ihr Ruhe und Vertrauen wieder in das Herz.

»Nein«, sagte sie, durch die Thränen lächelnd, »nein, ich will nicht zweifeln; ich bin ein albernes Maidli gewesen! es wird mich nach Euch bangen, wie meinen Aülis nach den Müttern, wenn sie daheim bleiben müssen, und die Mütter zur Weide gehen. Aber Ihr kehrt ja auch wieder, wie diese; Ihr kehrt gewiß wieder, und daß Ihr dann so wieder kommt, wie Ihr jetzt geht, o – Herr Ritter – wenn Ihr wollt, daß ich ganz ruhig seyn soll, so schwört mir das mit einem leiblichen Eide. Legt die drei Finger Eurer Rechte auf meine linke Brust, unter der für Euch, und ewig nur allein für Euch, das Herz Eures Maidli's schlägt, und schwört mir Liebe und Treue, und ich will auf Euch bauen und trauen, wie auf Gott meinen Herrn.«

Und ich schwur auf diesem himmesreinen Altar der Unschuld, Lieb und Treue bis zum Tode, und ein minutenlanger Kuß besiegelte den frommen Schwur.

Seit diesem Augenblicke war Mimili meine Braut. Ich bat sie, mich nun auch Du zu nennen; allein dazu war sie nicht zu bewegen. »Wenn ich mit Euch in Gedanken rede«, sagte sie verschämt, und schlug die großen blauen Augen halb zur Erde nieder, »da kann ich Euch wohl Du nennen, aber laut bringe ich es nicht über die Lippen; aber wenn Ihr wieder kommt, werde ich Euch gleich mit Du begrüßen, denn ich werde bis dahin so viel mit Euch in Gedanken gesprochen haben, das ich es mir dann gewiß angewöhnt haben werde. Auch wäre dies Du jetzt ein Zeichen vom förmlichen Gelöbniß, und das will ja der Aetti nicht. Gegen den wollen wir ehrlich seyn, denn er ist es gegen uns; er meynt es gut mit Euch, und hält auf Euch große Stücke.«

Als ich endlich an dem längstgefürchteten Morgen ging, und vom Vater mich verabschiedete, drückte er mich an sein Herz und sprach sehr bewegt:»Geht mit Gott, Herr Ritter, und kehrt nach der besprochenen Frist, wenn unterdessen meines Kindes Sinn sich nicht geändert hat, was ich Euch dann melden würde, als mein Sohn wieder. Gebt uns oft Nachricht von Euch, und bewahrt in Eurer Brust ein reines Herz, denn ein solches nur gefällt Gott unserm Herrn. Er geleite Euch in Eure Heimath, und segne Euch und Euern König und Euer Volk für und für.«

Mimili ging mit mir fast bis Lauterbrunn. Sie hatte sich die letzten Tage alle nur ersinnliche Gewalt angethan, um fest und heiter zu bleiben. Allein jetzt war ihr Muth gebrochen. Schon beim Frühstück hatte sie rothgeweinte Augen, und als sie den Becher in die Hand nahm, um mit mir und dem Vater auf fröhliches Wiedersehen anzustoßen erbleichte sie; sie mußte das Glas wegsetzen, und ein Thränenstrom entstürzte ihren Augen. Jetzt hing sie schweigend an meinem Arme; an ihren seidenen Wimpern zitterten der Wehmuth Perlen; sie hörte mit stiller Freundlichkeit auf meine Tröstungen, und legte aller zwanzig bis dreißig Schritte ihre Rechte auf die schmerzerfüllte Brust. Wir ließen den Boten, der meine Sachen trug, bis Lauterbrunn vorangehen, und setzten uns auf einen bemoosten Felsblock im Schatten einer hundertjährigen Buche. Mimili ruhete auf meinem Schooße, in meinen Armen, an meinem Herzen. Sie versprach mir, sich von Wocher malen zu lassen, und mir ihr Bild zu schicken. Sie bat mich, nicht lange Abschied zu nehmen, sie fürchte sonst, so angegriffen zu werden, daß sie nicht zurück gehen könne. »Die Füße schwanken unter mir«, sagte sie in abgebrochenen Lauten, »im Herzen stürmt mir das Blut, als wollte es mir die Brust zersprengen und der Kopf glüht mir. Ich kann nicht mehr weinen; ach, wenn Ihr fort seyd, dann wird mir Gott Thränen geben, daß ich doch nicht ganz allein bin.« Ich selbst war vom Schmerz der Trennung und von der Trauer des himmlischen Mädchens so tief ergriffen, daß ich keine Worte finden konnte, um dem gepreßten Herzen Luft zu machen.

Mimili reichte mir aus der süßen Tiefe ihres schneeweißen Busens ein himmelblaues, einfaches Blümchen. »Hebt Euch das auf, und denket dabei mein. Wir nennen es *Mannstreu*, ich habe es heute Morgen gepflückt zu den Füßen der Bank, wo der viele Klee blüht; und nun lebt wohl, mein einziger Freund auf dieser Welt; Gott hoch über uns sey Zeuge, daß ich Euch nimmer vergessen werde. Ich liebe Euch mehr, denn mein Leben. Auf der Höhe, dicht unter der Bläue des Himmels, sahen wir uns zuerst. Dort auf dem Erbtheil meines Mütterleins, entblühte unsers heiligen Bundes heilige Myrthe; wir standen dort hoch über alle Menschen, über allen Freuden, allen Leiden der Welt. Hier tief im Thale, auf fremdem Grund und Boden, scheide ich von Euch, das deutet mir Gutes; in einem fremden Lande werde ich einst von Euch scheiden, wenn Gott mich abruft zur lichteren Heimath meines Mütterleins. Seht, ich kann jetzt wieder weinen – o mir ist wohl, unaussprechlich wohl. Mein

Blick überfliegt den kurzen Raum eines Jahres, und knüpft sich an das herrliche Fest des Wiedersehens. Hier auf dieser Stelle werde ich Euch erwarten; das treue Maidli den treuen Ritter. Leb' wohl! hörst Du's, mein Einziger? leb' wohl!«

Sie sank erschöpft in meine Arme; sie umschlang mich mit ihren Schwanenhänden. Ein langer, langer Kuß. – Es war der letzte! –

Ich ging tiefer in das Thal hinab, und Mimili stieg im Schatten des Gebüsches, das sie meinem Blicke entzog, in ihre Berge zurück; an einem freien Punkte sah ich sie noch einmal; sie winkte mit ihrem weißen Tuche zu mir herab, sie warf mir mit ihren Rosenfingern die freundlichsten Küsse noch zu, und breitete, auf das Wiedersehen deutend, die Arme nach dem Thale aus. Dann sah ich sie nicht wieder. – –

So weit die Geschichte meines glücklichen Freundes, an der ich weiter keinen Theil habe, als das Vergnügen, sie erzählt zu haben, und den bittern Groll, nicht an des Neidenswerthen Stelle gewesen zu seyn.

Mimili hat ihm ihr Bild gesandt, und seitdem, daß ich es gesehen, verzeihe ich ihm, daß er seit seiner Rückkunft aus der Schweiz ungenießbar ist für Jedermann, und nichts weiter denkt und sinnt und weiß, als seine Mimili.

Ihre Briefe, mit denen sie ihn wöchentlich erfreut, sind allemal bogenlang; einige Stellen, die er mir aus Gnade und Barmherzigkeit vorgelesen hat, bestätigen, was er mir von ihren Kenntnissen, von ihrer Kindlichkeit, von ihrem Verstande und von ihrer zarten Gemüthlichkeit früher erzählt hatte, und was ich, unter uns gesagt, ihm nicht immer recht glauben wollte; so schien mir z.B. das, was er von ihrem botanischen Wissen, und von ihrer Kunde der alten Sprachen mir vorgeschwatzt hatte, eingelegt zu seyn; aber ich habe mit meinen eigenen beiden Augen in ihren Briefen Blumen gesehen, die sie meinem Freunde schickte, um durch unsere Botaniker ihre Zweifel, die sie über ihre Namen hegt, berichtigen zu lassen; und dann wieder sehr passende Stellen aus dem Homer und Virgil, und besonders aus dem Ovid, die auf ihren Schmerz der Trennung Bezug haben, so, daß ich nun wohl an die Wahrheit seiner Schilderung glauben muß.

Das Probejahr ist bald vorüber. Der Freier sind mehrere da gewesen von nah und fern. Mimili's Beschreibungen dieser Bewerbungen sind einzig in ihrer Art; die muthwilligste Laune, und doch die gutmüthigste Herzlichkeit blickt aus jeder Zeile. Die Freier sind, wie von diesem Alpenkinde zu erwarten war, alle abgewiesen worden, und es lag nun auf dem Wege zum Ziele der beiderseitigen Wünsche kein Hinderniß mehr. Ich war schon förmlich zur Hochzeitfeier eingeladen – da reißt sich das gräßliche Ungeheuer der Insel Elba wieder los, und die Pflicht ruft meinen Freund, statt zum Hochzeitreigen, zum Blutreigen. Wer Mimili lieb gewonnen, bete für das liebliche Maidli.

Wer aber unterdessen in das Lauterbrunner Thal kommt, und – man kann gar nicht fehlen – hinauf geht links, den einsamen, wenig betretenen Pfad, himmelan auf ihre blühende Alpe, und das holde Maidli früher sieht, als ich, der grüße es freundlich von mir.

Bis hierher lautete die Geschichte, wie sie im Freimüthigen im Mai 1815 geschlossen wurde.

Mein Freund war, wie dort erwähnt, den Fahnen seines Königs von Neuem gefolgt. Vor seinem Ausmarsch schrieb er an Mimili. Der Sicherheit halber traf er die Veranstaltung, daß ich den fernern Briefwechsel besorgen mußte. Durch die an sein Armee-Corps abgehenden Couriere hatte ich wöchentlich Gelegenheit, ihm die Briefe zu senden, die ich von Mimili erhielt, und dafür wieder die seinigen zu empfangen, die ich an Mimili beförderte. Es war zwar einer der langwierigsten Umwege, den diese Correspondenz zu machen hatte; allein unmittelbar vom Canton Bern aus war die Verbindung mit den Niederlanden, in denen mein Freund Wilhelm stand, besonders späterhin ganz gesperrt, und so hatte ich das Vergnügen, von dem holden Alpenkinde manche freundliche Zeile nebenbei zu erhalten.

Allein diese Freude dauerte nicht lang. Fast zu gleicher Zeit blieben von beiden Theilen die Briefe aus.

Ueber Wilhelms Schweigen erhielt ich leider die gefürchteten Aufschlüsse.

An den großen Tagen bei Belle-Alliance, an denen Gott zeigte, daß er mit uns im Bunde sey, sollte der schöne Bund der Liebe, den der Zufall auf jenen Schweizerhöhen geknüpft hatte, gelöst werden.

Den ehren- und eisenfesten Marschall Vorwärts an der Spitze der wüthenden Preußen, war die ganze Armee auf den grimmigen Feind gegangen, als habe der Tod keine Schrecken für sie. Tausende und aber Tausende waren gefallen – unter ihnen Wilhelm. Zwei seiner Freunde hatten ihn vom Pferde sinken gesehen, Blut aus Kopf und Brust strömend. Das Pferd, selbst getroffen, hatte sich hoch in die Lüfte gebäumt, und dann im Zusammenstürzen seinen Herrn bedeckt.

Das Regiment, zum Einhauen kommandirt, war auf die Leihknechte des Corsikaners in gestreckter Carriere geflogen. Jetzt saß es drinn in den Reihen der Verruchten, und hieb vor sich nieder, was der Hölle gehörte. An das, was hinter ihm war, konnte keiner denken.

Ungeheure Kavalleriemassen und reitende Artillerie kamen denselben Weg nach, um das Regiment zu unterstützen; was von den Gefallenen noch nicht todt war, ward jetzt zertreten und überfahren. –

Tage – Wochen lang stand ich an, der unglücklichen Mimili diese Trauerpost mitzutheilen; und doch mußte es einmal geschehen. Ich setzte mich mit schwerem Herzen hin, dem alten Herrn Nachbar zu schreiben, der ihr den Kelch tropfenweise reichen sollte, als von diesem ein Brief an mich einlief.

Mimili war krank. Die Angst um Wilhelms Leben, von dem sie so lange keine Nachricht hatte, die bange Sehnsucht, hatten dem Mädchen das Herz gebrochen. Ob meine Antwort sie noch unter den Lebendigen antreffen werde, hoffe er kaum, schrieb der alte Mann, aber ich solle schreiben, was ich wisse, auch das Schlimmste; es erleichtere nur ihren Tod, und wäre ihr also Wohlthat.

Das Vermögen der Seele, was wir mit dem unbestimmten Begriff Ahnung bezeichnen, bewährte sich hier mit bewundernswürdiger Klarheit.

Mimili wußte, nach des alten Nachbars Briefe, Wilhelms Tod mit Zuverläßigkeit. »Seit dem Augenblick«, schrieb der alte Mann weiter, »seit dem Augenblick, daß der Feldzug wieder eröffnet ward, ließ sie sich alle deutsche und französische Zeitungen kommen, deren man in Bern nur habhaft werden konnte. Die besten Charten von Frankreich, Deutschland und Belgien hingen in ihrem Zimmer. Sie folgte den Zügen der Armee-Corps mit immer ängstlichern Blicken, denn sie sah, daß die Heere sich mit jedem Tage immer mehr und mehr gegen einander drängten. Wenn es das Wetter nur irgend erlaubte, stieg sie auf ihre Alpe, und ging so hoch, als sie vor dem Schnee nur konnte, und wendete sich dorthin, wo Er jetzt war, und legte die Hände gefaltet vor die unsäglich gequälte Brust, und betete laut zu dem Gotte, der hoch über den Bergen wohnt. Und die Welt war still unter ihr, und sie lauschte, ob sie höre der Waffen Geklirr in der unermeßlichen Ferne, und des Geschützes brüllenden Donner. Aber sie vernahm nichts, als das eintönige Glockengebimmel der grasenden Heerden, und das heimliche Sumsen der Insekten, die in den Blüthenkelchen der tausendfarbigen Frühlingskinder schwelgten. Ich gewahrte sie einst auf ihrer Alpe, als sie, mich nicht sehend, mit unnennbarer Sehnsucht den Namen des Geliebten in die blaue Luftwelt hinaus rief; aber kein vertrautes Echo war auf der Höhe, das ihr ihn im Silberklange ihrer Stimme wiedergegeben hätte. Er hört mich nicht, sagte sie dann wehmüthig, und zerdrückte die Thränen, die ihr in das Auge getreten waren, und ging hinab in des Vaters leeres Haus, und grüßte unterwegs die Plätzchen, welche Zeugen ihrer seligen Stunden mit Wilhelm gewesen waren.«

»Meine Frau, die es tief schmerzte, das leidende Mädchen mit jedem Tage immer mehr dahin welken zu sehen, ärgerte sich über Wilhelm, daß er diesen Engel dem Tode opfern konnte. »Er hatte das Seinige gethan,« hob sie einst an, und machte ein saures Gesicht, »nun konnte er daheim bleiben, und Andere das Kriegsleben versuchen lassen. Das Jahr ist nun in wenigen Wochen um, und alles ist bereitet und zugerichtet, und das Maidli harret sein mit klopfendem Herzen; und statt in die Arme der Liebe zu eilen, zieht er gegen die fränkischen Horden. – Nein, Mimili – rund heraus gesagt, das gefällt mir nicht von ihm.«

Da nahm das Mädchen das Wort, und maß die mütterliche Freundin mit dunkelm Blick und sagte: »Meynet Ihr denn, Frau Trini, daß Wilhelm anders gekonnt? Wenn nun dort Alles wieder aufstand in dem Volke, das jetzt auch *mein* Volk ist, und die kräftigen Herren und Mannen das Schwert um ihre Lenden gürteten, zu züchtigen die böse Rotte, über die Gott im Himmel ergrimmt ist, und wenn die Fahne wieder wehte, auf der mein Wilhelm seinem ritterlichen König sich mit Blut und Leben zugeschworen, und wenn die Spitzen ihrer flatternden Bänder dorthin zeigten, wo die Bäche zu Pech werden müssen, und die Erde zu Schwefel, und wenn der alte Herr Blücher, unter dem Wilhelm vorhin gefochten und geblutet, sein Streitroß wieder munter bestieg, und alle Glocken und alle Mädchen und Frauen den Ausziehenden laut nachweinten – glaubet Ihr denn, daß da Wilhelm daheim bleiben konnte; glaubet Ihr denn, daß ich ihn so geehrt und geliebt hätte, wie ich ihn jetzt ehre und liebe? Das Weib soll dem Manne folgen, sagt die Schrift. Meine Heimath ist nicht mehr hier. Mit denen dort, unter die mich Wilhelm führen wird, will ich Freude und Leid, Ehre und Schande, Jubel und Thränen, Glück und Unglück theilen. Gute Frau Trini, dort sitzt heute auch manch' treues Weib und manch' herziges Mädchen mit nassen Augen und freudigem Gemüth, und schaut durch schmerzliche Thränen dahin, wo ich hinschaue. Ich will beten zu Gott, meinen Herrn, und zu Christum Jesum, meinem Heiland, daß, wenn der Todes-Engel seine Fittige über die Schlachtfelder breitet, mein Wilhelm nicht untergehe. Nein, er wird nicht untergehen. Gott wird mein Flehen erhören, ich bin ja fromm gewesen, und weiß von keinem Bösen.«

»So sprach Mimili, und verwies meiner Frau ihr schiefes Urtheil über Wilhelms Entschluß, zum zweitenmale mit zu Felde zu gehen, so ernstlich, daß diese sich nicht wieder unterfing, über Wilhelm nur eine böse Sylbe fallen zu lassen.«

»Aber als die Nachricht von jenen mörderischen drei Tagen bei Waterloo und Belle-Alliance kund ward, und Wilhelms Briefe ausblieben, da war der Anker ihres Glaubens gebrochen.«

»Tausendfältige Angst trieb sie auf die höchsten Spitzen der Felsen und in die finstersten Gründe; sie wollte keinem gestehen, daß sie an Gott zweifle, und doch sagten ihr blasses Gesicht, ihr stierer, dunkler Blick, ihr absichtliches Flüchten in die tiefste Einsamkeit, daß ihr Muth von ihr gewichen. Die Bitten des Vaters, meine und meiner Frauen tröstende Worte halfen nicht.

»Laßt mich,« sagte sie mit schneidender Kälte, »ich werde Euch nicht lange im Wege sein. Was Leben hat, vergeht; nur das Leblose steht ewig. So hat es der gewollt, den die kurzsichtigen Menschen den Vater der Liebe nennen. Dort drüben die kalten Gletscherwände – die starren schon seit Jahrtausenden die ungeheure Allmacht des Ewigen an, und werden noch tausend Jahrtausende in ihrer schauerlichen Pracht feststehen, aber das fromme treue Herz meines edeln Wilhelms schlägt nicht mehr. Schweigt, ich bitte Euch, vom Lohne der Gerechten. Gott hat meine Wege gesehen, und alle meine Gänge gezählt, es ist nichts Unreines an mir gewesen; und doch drückt mich der Grimm des Unerforschlichen in den Staub nieder, als habe ich das Gräßlichste verbrochen. Ich weine nicht, denn ich bin stark, und biete dem Unglück, das über mich zusammenbricht, die kalte Stirn. Ich will größer seyn, denn mein Elend; Wilhelm war auch groß. Er ist gefallen für seinen König, für sein Vaterland. Mit seinem Blute hat er mich beiden gekauft; ich gehöre nicht mehr zu Euch. Die drüben über den Bergen, die mit dem eisernen Kreuze den Feind erschlagen haben, die sind meine Freunde, dort thronet mein königlicher Herr, dort ist mein Wilhelm geliebt und geehrt, dort lebt sein Name in der Geschichte seines Heldenvolks für und für. – Mein Odem ist schwach, und meiner Tage sind wenig. – Was soll ich hier harren? ich gehe hin des Weges, den ich nicht wiederkommen werde.«

»So hatte sie sich wohl acht Tage gehalten, aber dann erlag ihr Körper. Ein gefährliches Fieber warf sie nieder, und nun sehen wir mit jeder Stunde ihrer sanften Auflösung entgegen.«

»Sie ist weich und still geworden. Ich habe, sagte sie heute früh noch zu mir, und winkte mich an ihr Lager, ich habe mit Gott gehadert, aber er verachtet mein doch nicht; er hat sein Ohr zu mir geneigt und mein Flehen erhört, mir ist es dunkel vor den Augen; meine Tage sind gezählet, den letzten erwarte ich bald; der allbarmherzige Gott wird mich in meiner letzten Stunde nicht verlassen. Mir ist leicht und wohl, die Nacht des Todes hat für mich kein Grauen, denn er hat seinen Engeln befohlen, daß sie mich behüten. Bald werden die Alpen unter mir glühen, und die Sonne wird unter mir seyn, und der Mond und die Sterne; und ich werde schauen meines Volkes verklärte Königin, und mein Mütterlein und meinen Wilhelm. Seine Wunden werde ich küssen, und an seinem Herzen werde ich der Liebe leben ewig. Amen, Amen, setzte sie leise hinzu, und faltete die Hände und zerfloß in frommen Thränen.«

Amen – Amen, rief ich mit nassen Augen der himmlischen Dulderin nach, und ließ meinen Brief mit der Trauerpost vom Tode meines wackern Freundes Wilhelm an den ehrlichen alten Herrn Nachbar abgehen.

So also mußte die Geschichte der armen Mimili enden, die bei den Lesern des Freimüthigen eine so allgemeine Theilnahme erregt hatte, daß ich aus verschiedenen Gegenden Deutschlands aufgefordert worden war, die Fortsetzung derselben zu liefern; ich zögerte lange, und gebe jetzt leider mehr, als verlangt wurde, den Beschluß. Erlaß mir, zartfühlender Leser, der Worte langen Schwall; mehr, als ich, sagen dir Wilhelms und Mimili's prunklose, fern von einander liegende Todtenhügel! bete für ihre sanfte Ruhe.

Vor wenigen Tagen erhielt ich einen Brief vom alten Herrn Nachbar.

Ich ließ ihn mehrere Stunden uneröffnet liegen, denn es fehlte mir an Herz, ihn zu lesen. Ich wußte ja schon seinen Inhalt. Mimili's letzte Stunden, den Schmerz des gebeugten Vaters, den Kummer des alten Freundes und seiner Gattin.

Zürnend mit dem Geschick, das ein solches Wesen, wie Mimili war, in der Blüthe des Lebens abrufen, und einen so liebenswürdigen Mann, als meinen Freund Wilhelm, in der Fülle seiner Kraft des jammervollsten Todes sterben lassen konnte, erbrach ich endlich das Siegel und las:

> »Ihr werdet mich unter den Engeln im Himmel suchen, lieber Herr und Freund, aber zur Zeit bin ich noch in meiner herrlichen Schweiz, doch seliger, als alle Engel im ganzen Himmelreich, denn Wilhelm lebt in meinen Armen.«

Ich weiß nicht, wie es gekommen war; aber ich hatte Wasser in den Augen, als ich den Brief des Herrn Nachbars eröffnete; darum schwammen mir jetzt alle Buchstaben vor dem Gesichte, sodaß ich mir selbst nicht traute, als ich diese Zeilen erblickte, und unten am Ende des bogenlangen Briefes ganz deutlich den Namen Mimili.

Ich wischte mir, vor Freude zitternd, die Thränen aus dem Gesichte, ich durchflog mit trunkenem Blick den Brief – es war, es blieb richtig! Mimili lebte und Wilhelm, beide frisch und gesund.

Wilhelms Geschichte war ganz kurz und erbaulich.

Was nach dem Augenblick seiner Verwundung mit ihm vorgegangen war, wußte er nicht; er hatte, halb verblutet, besinnungslos unter seinem Rappen gelegen.

Gegen Mitternacht war er endlich wieder zu sich gekommen. Seine erste Frage an die ihm zunächst liegenden Verwundeten war gewesen, ob der Feind geschlagen? und, als hierauf ein beseligendes Ja erfolgte, wohin er geflüchtet? »Auf Paris zu«, hatte ein Unglücklicher ohne Beine geantwortet; und jetzt erst hatte Wilhelm, dem Ewigen dankbar, bemerkt, daß ihm beide Beine noch waren; vor ihm Paris, hinter ihm Deutschland und die Lazarethe; links die Schweiz. Die rechte Hand vom Sturze gelähmt, in der Brust eine Kugel, im Kopfe eine Hiebwunde, im Herzen Mimili.

Er hatte sich links gewandt, um sich von Mimili pflegen zu lassen. Drei Meilen war er in der Nacht gewandert, am Morgen war er vor einem Städtchen kraftlos umgesunken. Ein Müller war des Weges gefahren gekommen.

Wilhelm hatte das Letzte seiner Besinnung zusammengerafft, um dem Manne sein ganzes Gold zu bieten, wenn er ihn nach Unterseen im Canton Bern schaffen wolle; von dort aus hatte er sich auf ein Saumroß laden und auf Mimili's Alpe schaffen lassen wollen.

Der Müller hatte nach einigem Zögern und Rechnen Ja gesagt, und dem erschöpften Wilhelm waren die Augenlieder zugefallen.

Von da an, fährt Mimili in ihrem Briefe fort, weiß Wilhelm nichts, als daß er unendlich lange auf einem mit Stroh ausgefütterten Wagen gefahren, daß er von fremden Gesichtern bedauert, und von unbarmherzigen Wundärzten verbunden worden ist. Wahrscheinlich hat er in einem sehr starken Wundfieber fortwährend gelegen, oder hat ihn der Blutverlust so geschwächt, oder hat die Hiebwunde so nachtheilig gewirkt; kurz, er hat von Allem, was mit ihm vorgefallen, keinen klaren Begriff; nur so viel weiß er, daß, als er dann endlich wieder ein wenig mehr zu sich kam, und sich in einem Bette liegen sah, er nicht im Arme seines treuen Maidli's lag, sondern in einem Bette zu Freiburg in Breisgau; das Bette aber gehörte einem wackern christlichen Manne, bei dem ihn der Müller abgeladen hatte, weil Wilhelm ohne Todesgefahr nicht weiter gefahren werden konnte. Der Freiburger hat mit Frau und Kind an Wilhelm fromm gethan, wie der barmherzige Samariter, und Wilhelm ist nach langen Leiden gesund worden, und ist förder gezogen gen Thun, von dannen er gekommen ist über den See zu seinem Maidli.

Am selbigen Tage, als Euch unser Herr Nachbar geschrieben, lag ich im stillen Scheiden von dieser Welt. Der Tag hatte sich geneiget, es war Abend geworden; des Grabes Dunkel umdüsterte mich. Ich hatte meinem Aetti Ade gesagt und die Augen geschlossen, und der Todesfrost schauerte durch meine Glieder. Nur nach Jenseits sehnte sich meine Seele, und ich sah im sanften Schlummer den jungen Morgen der ewigen Verklärung vor mir aufgehen: da hörte ich den Wohllaut seiner Stimme. Er rief leise meinen Namen, und ich vermeinte im Fieberreiz, daß ich der Erde, die nun keinen Werth für mich mehr hatte, schon entrückt sey, und daß ein Engel mir meinen Wilhelm entgegen führe, um mich zu empfangen an der Pforte der himmlischen Freuden.

Aber er sprach meinen Namen wieder aus, und seine Stimme war eine irdische, und ich fühlte seiner warmen Lippen sanfte Küsse auf meiner kalten Hand.

Da schlug ich die Augen auf, und erwachte aus meiner Verzückung, und Wilhelm knieete vor meinem Bette, und heiße Thränen rollten über sein blasses Gesicht.

O, lieber Herr, wie mag ich Euch beschreiben, wie mir war, als ich das sah.

Er rief: sie lebt! und schlang seine Arme um mich, und ich richtete mich auf, und konnte nicht sprechen vor freudigem Erstaunen.

Seinen Namen nur konnte ich nennen, und ihn an mein Herz drücken, und Thränen, die seligsten, die ich geweint, entquollen dem Herzen, dessen stockende Pulse sich wieder zu regen begannen.

Aber das Uebermaaß meiner Seeligkeit war zu groß; ich erlag der Ueberschwenglichkeit meine Empfindungen; und die Freude lößte mich auf in – ja ich weiß kein anderes Wort, in eine himmlische

Ohnmacht. Mit seinem Bilde schlummerte ich hinüber in die Lage, die zwischen Seyn und Nichtseyn schwebt, und erst, als ich aus dieser erwachte, kehrten meine Sinne mir wieder; meine Krankheit war gebrochen; Gott hat mich durch Wilhelm geheilt.

Wilhelm war, als er kam, auch noch schwach und krank; aber den will ich schon wieder gesund machen. Er hat schon von Freiburg aus um Urlaub nachgesucht, und ihn, bis zu seiner völligen Wiederherstellung, gestern erhalten. Der Friede ist geschlossen, und nun lasse ich ihn nicht wieder aus unsern Bergen, bis ich mit ihm ziehe.

Er würde Euch selbst schreiben, aber mit seiner rechten Hand vermag er es noch nicht. Von Freiburg aus hat er an Euch einen Brief abgehen lassen, und wundert sich, daß Ihr solchen nicht erhalten.[10] Die Kugel, die zwischen zwei Rippen auf der linken Brust sitzen geblieben, ist in Freiburg herausgeschnitten worden; ich trage sie jetzt an einem goldnen Kettchen auf meinem Herzen. Seine Hiebwunde ist schlimmer gewesen; doch heilt sie jetzt von Tage zu Tage immer besser, und die Narbe wird ihm recht schmuck lassen. Selbst seine Blässe kleidet ihn nicht übel; er ist zahm und fromm geworden, und das soll mir in der Ehe zu passe kommen, denn er war sonst zuweilen auch gar zu wild und unbändig.

Er trägt mir eben einen Kuß an Euch auf, aber den sollt Ihr gut haben, bis ich ihn Euch selbst geben kann.

Ihr müßt schlechterdings bei unserer Hochzeit seyn, die auf nächsten Himmelfahrtstag bestimmt ist. Ihr seyd, sagte Wilhelm, ein fröhlicher Herr, und sein ältester Freund, darum dürft Ihr nicht fehlen.

Der Rappe kommt auch, den mein Wilhelm an jenen Schlachttagen geritten; Wilhelms Kameraden werden ihn uns in Kurzem schicken; er hinkt ein Bischen, aber das schadet nichts. Das wackere Thier soll hier in Ehren gehalten werden, und gute Tage haben bis an seinen Tod.

---

[10] Dieser Brief traf erst vierzehn Tage nach Mimili's Schreiben ein; ich hatte unterdessen, Berufsgeschäfte halber, einige Male meinen Aufenthalt verändern müssen, und daher war mir der freiburger Brief von einem Orte zum andern nachgesendet worden.

Sehet, so hat Gott alles gewendet, Ehre sey ihm in der Höhe, und Friede auf Erden. Ich freue mich, und bin fröhlich über die Güte des Allmächtigen. Er hat meine Seele errettet von dem Tode, er ist gewesen meine Hülfe und mein Schild, auf ihn will ich bauen ewiglich; Er hat mir gegeben, was mein Herz begehret, und mein heißes Flehen hat er in seinen Himmeln gehört – so will ich ihn denn preisen für und für, und meine heilige Liebe zu Wilhelm soll mein Dankopfer seyn.

Ihr aber, lieber Herr, vergesset des Festes nicht, an dem Christus gen Himmel fuhr; denn dann erwarten Euch Wilhelm und

Mimili.

Daß ich bei diesem Feste nicht fehlen werde, versteht sich von selbst. Noch habe ich ein Plätzchen im Wagen leer; wer Lust hat, die Reise mit mir zu machen, der melde sich in Zeiten, und bringt er gute Laune und gesunden Appetit mit, so soll er mir, und gewiß dem ganzen Hochzeithause willkommen seyn.

Hier schließt sich die erste Ausgabe; und ich kann jetzt, bei dem Schlusse der zweiten (im October 1816), hinzusetzen:

1. Daß mir die Freude, dem Hochzeitsfeste beizuwohnen, leider durch Geschäfts-Verhältnisse vereitelt worden;
2. Daß ich glaube, hierdurch die vielen an mich eingegangenen Fragen, wegen des Plätzchens im Wagen, hinlänglich beantwortet zu haben;
3. Daß die Hochzeit selbst am Himmelfahrts-Tage höchst vergnügt vollzogen worden;
4. Daß das junge Pärchen in diesem Augenblicke noch auf der heimathlichen Alpe haust, und wahrscheinlich erst kommendes Frühjahr die Schweiz verlassen wird; und
5. Daß der Alte – doch dieß bleibt unter uns – mich ersucht hat, ihm durch eine meiner Bekanntinnen, die davon mehr verstehe, als ich, die allerniedlichsten und geschmackvollsten Kindersachen, die sie nur aufbringen könne, zu besorgen.

Es freut mich, am Schlusse der dritten Auflage (den letzten December 1818), meine freundlichen Leser versichern zu können, daß es unserer Mimili mit ihrem Gatten wohl geht, und daß ihr unterdessen eingetroffener Silli nach Versichern des Vaters, des liebholden Frauchens Ebenbild ist. Noch lebt das glückliche Paar mit dem Alten in seinen stillen Bergen. Ich hatte neulich an Mimili geschrieben, und ihr unter andern gemeldet, daß, ungeachtet ihre Geschichte schon im Freimüthigen gestanden, und ungeachtet jede der darauf erschienenen zwei Auflagen drei tausend Exemplare stark gewesen, doch jetzt eine dritte, eben so starke Auflage nöthig sey, und sie möge daraus abnehmen, mit welchem herzigen Antheile man ihr bei uns zugethan sey.

Ich kann mich nicht enthalten, aus ihrer gestern bei mir eingetroffenen Antwort einige Bruchstücke mitzutheilen.

»Eure Nachricht, lieber Herr«, schreibt sie »hat mir wohl Freude gemacht; denn wenn ich auf ein Buch zehn Leser rechne, so mögen wohl ihrer hundert tausend seyn, die von dem einfältigen Maidli da oben in der Schweiz, der Jungfrau gegenüber, wissen; aber eben das macht mich herzlos, selbst einmal nach Eurem Lande herunter zu kommen. Wohl träume ich jelimahl wie das hübsch seyn müßte, all den bunten Flimmer zu sehen, von dem mein Wilhelm mir erzählt; aber leggorni – ich komme nicht. Würden sie nicht alle stehen bleiben, und auf mich mit Fingern weisen und sagen: das ist die Mimili von Berner Oberland? ich wüßte ja nicht, wo ich sollte die Augen hinthun. Auch passe ich nicht in Eure Kleider. Wilhelm ließ einen solchen Schlumper fix und fertig kommen aus Frankfurt; – wir haben laut auf gelacht, als ich mich endlich hinein gezwängt hatte, sogar mein klein Bübeli hat gelacht, als ob es davon schon wer weiß was verstände. Nein, da ist mir mein leichtes Jüppeweihi viel tausendmal lieber. Da hat mir die Brust Platz, daß ich frei athmen kann, und mit dem langen engen Wesen Eurer Damenröcke ist es für uns hier auf unsern Alpen nun einmal gar nichts, beim Bergauf- und Bergabgehen machen die einem viel zu viel Fisperementli, und wo sollt ich mit meinen vielen tausend tausend langen Haaren hin? Abschneiden etwa? – da müßte mir doch gewür ein Ziggi geworden seyn.

Aber kommt zu uns, lieber Herr, und das bald. Wir haben fast täglich auf unserer Alpe Besuch gehabt von Leuten, die herauf kamen, blos aus Neugier. Da ist es etwas anders; da bin ich Frau im

Hause, und wenn sie nicht Gefallen finden an uns, so können sie wieder gehen, woher sie gekommen; aber sie bleiben alle gern, denn Wilhelm weiß mit ihnen gut zu schwätzen, und was ich ihnen bereite, das schmeckt ihnen, denn ich lasse sie vorher tüchtig auf den Bergen klettern; bis zu der Wildi hinauf müssen sie, und da bringen sie wohl Appetit mit herunter.

Doch ich muß enden, mein Silli begehrt meiner, und wenn ich nicht gleich mit ihm küsele und narrele, so macht das Currli-Murli ein Brüscheli und dann ist Noth in allen Ecken.

Lebt wohl, lieber guter Herr. Mein Geschreibsel wird Euch ungefähr am Jahresschlusse treffen. Gott der Herr gebe Euch und allen, die uns kennen und, wie Ihr meinet, Theil an uns nehmen, ein fröhliches Neujahr.

Mimili.

Mit diesem herzlichen Wunsche begrüße auch ich im letzten Augenblicke des scheidenden Jahres meine sämtlichen Leser.

Dresden, am Sylvesterabend 1818.

H. Clauren.

Über tredition

Eigenes Buch veröffentlichen

tredition wurde 2006 in Hamburg gegründet und hat seither mehrere tausend Buchtitel veröffentlicht. Autoren veröffentlichen in wenigen leichten Schritten gedruckte Bücher, e-Books und audio-Books. tredition hat das Ziel, die beste und fairste Veröffentlichungsmöglichkeit für Autoren zu bieten.

tredition wurde mit der Erkenntnis gegründet, dass nur etwa jedes 200. bei Verlagen eingereichte Manuskript veröffentlicht wird. Dabei hat jedes Buch seinen Markt, also seine Leser. tredition sorgt dafür, dass für jedes Buch die Leserschaft auch erreicht wird.

Im einzigartigen Literatur-Netzwerk von tredition bieten zahlreiche Literatur-Partner (das sind Lektoren, Übersetzer, Hörbuchsprecher und Illustratoren) ihre Dienstleistung an, um Manuskripte zu verbessern oder die Vielfalt zu erhöhen. Autoren vereinbaren direkt mit den Literatur-Partnern die Konditionen ihrer Zusammenarbeit und partizipieren gemeinsam am Erfolg des Buches.

Das gesamte Verlagsprogramm von tredition ist bei allen stationären Buchhandlungen und Online-Buchhändlern wie z. B. Amazon erhältlich. e-Books stehen bei den führenden Online-Portalen (z. B. iBookstore von Apple oder Kindle von Amazon) zum Verkauf.

Einfach leicht ein Buch veröffentlichen: **www.tredition.de**

Eigene Buchreihe oder eigenen Verlag gründen

Seit 2009 bietet tredition sein Verlagskonzept auch als sogenanntes "White-Label" an. Das bedeutet, dass andere Unternehmen, Institutionen und Personen risikofrei und unkompliziert selbst zum Herausgeber von Büchern und Buchreihen unter eigener Marke werden können. tredition übernimmt dabei das komplette Herstellungs- und Distributionsrisiko.

Zahlreiche Zeitschriften-, Zeitungs- und Buchverlage, Universitäten, Forschungseinrichtungen u.v.m. nutzen diese Dienstleistung von tredition, um unter eigener Marke ohne Risiko Bücher zu verlegen.

Alle Informationen im Internet: **www.tredition.de/fuer-verlage**

tredition wurde mit mehreren Innovationspreisen ausgezeichnet, u. a. mit dem Webfuture Award und dem Innovationspreis der Buch Digitale.

tredition ist Mitglied im Börsenverein des Deutschen Buchhandels.

Dieses Werk elektronisch lesen

Dieses Werk ist Teil der Gutenberg-DE Edition DVD. Diese enthält das komplette Archiv des Projekt Gutenberg-DE. Die DVD ist im Internet erhältlich auf **http://gutenbergshop.abc.de**

Zeitfracht Medien GmbH
Ferdinand-Jühlke-Straße 7
99095 Erfurt, Deutschland
produktsicherheit@kolibri360.de